愛の言葉を囁いて

CROSS NOVELS

いとう由貴
NOVEL: Yuki Ito

東野　海
ILLUST: Umi Touno

CROSS NOVELS

CONTENTS

CROSS NOVELS

CONTENTS

愛の言葉を囁いて

CROSS NOVELS

一．

「……でっかい」

津本春彦《つもとはるひこ》はポカンと口を開けて、目の前のビルを見上げていた。

思わず洩らした呟きに、梶木《かじき》と梅村《うめむら》が苦笑を浮かべている。大学を卒業して半年は経《た》っていたが、まだまだ学生っぽさが残っているのが微笑《ほほえ》ましいようなおかしいような、そんな気分になるのだろう。

もっとも、春彦が驚くのも無理はなかった。春彦たちが勤めている小久保《こくぼ》精機は地方の中小企業で、工場も兼ねた自社ビルは四階建てのこぢんまりした大きさだ。今、目の前にそびえ立つ高層ビルとは、話にならないほど規模が違う。しかし、まぎれもなくここが、小久保精機の本社なのである。ただし、会社名は違う。小久保電器産業という家電メーカーで、小久保精機はその子会社にあたった。

「いいかげん、ぼけっとするのはやめなさい。さあ、行くぞ」

梶木が苦笑交じりに言う。春彦は慌てて口を閉じると、上司のあとに従った。

梶木は小久保精機の代表取締役常務、梅村は春彦の直属の上司で総務課長だ。そこに四月に新卒で入ったばかりの春彦が加わり、三人は半期ごとの決算報告のために、親会社である小久保電器産業本社ビルまでやってきていた。

「津本君には、梅村君の仕事を色々覚えてもらうつもりでいるから、今回は君も一緒に来るように」

という梶木の命令で、まだまだ新人の春彦も今回の決算報告会にお供することになったのだ。

というのも、小久保精機は本当にこぢんまりした会社で、経理も兼ねた総務課は梅村も入れて総勢五名。しかも、そのうち三人は女性だった。今年、春彦を採用したのも、四十九歳になる梅村の定年退職後を睨《にら》んでのことであった。

十一年後は、春彦は三十四歳。その年で課長になるのは、小久保精機的には早いといえたが、六十歳で梅村が退職したあとは、今度は嘱託《しょくたく》社員としてあと五年は勤めるであろうから、春彦が総務課長になったあとも、続いて五年は梅村がサポートできる。

小さな会社の、それも女性が主力になりがちな総務課とあっては、このように先が見えすぎる人事もありがちなことであった。現場であれば、正社員というと男性ばかりで、それなりの競争意識も生まれるようだったが、競《きそ》う社員もいない総務課ではそれもありえない。

しかし、生来のんびりとした性格で、人と争うのが苦手な春彦には、先が見えて、変化の少ない総務課への配属は、むしろ好都合であった。大学時代に両親を事故で亡《な》くしているせいもあってか、春彦は波風の少ない平穏な毎日を望んでいたからだ。

とはいえ、新人の今は、まだまだ目新しいことばかりが起こる毎日だ。今回初めて訪れた小久保電器産業のビルも、家電メーカーとして国内でトップレベルを争う会社としてはごく当たり前の規模のものであったが、普段こぢんまりした小久保精機を見慣れている春彦には、ドラマに出てくる会社のように立派に見える。入るだけで心臓がドキドキした。

中に入ると、いかにもそれらしい受付嬢が二人、正面のカウンターに座っている。

――あの二人は、受付案内だけが仕事なのかな？

春彦は内心首を傾げながら、上司二人のあとについていった。小久保精機には、当然受付嬢などいない。総務の女性たちが、仕事の一環として接客対応もしているだけだ。

梶木が近づくと、受付嬢二人はにっこりと笑みを浮かべて立ち上がった。手短に用件を告げる梶木に、にこやかに、かつ手際よく場所を案内する。去り際、春彦がそっと横からカウンター内を覗《のぞ》き見すると、特に伝票や帳票類が広げられているわけでもない。ということは、彼女たちの仕事は本当に来客の案内をするだけなのだろう。

小さな子会社では考えられない贅沢な人の使い方に、春彦は驚いた。

「津本君、行くよ」

感心しながら受付嬢二人を眺《なが》めていた春彦に、梅村が声をかける。その声に、春彦は我に返った。

「は、はい！　すみません」

「いくら彼女たちが美人だからといって、見惚《みと》れないように」

梶木に冗談交じりに言われる。聞きつけた受付嬢二人もくすくす笑っていた。

春彦は、耳まで真っ赤になった。

「い、いえっ。そんなつもりは、あのっ」

「さあさあ、仕事だぞ」

梶木は楽しそうに笑うと、春彦を促《うなが》した。そんな梶木にうまく弁解できないまま、春彦は女性二人にペコリと頭を下げると、梶木たちのあとを追いかけた。どぎまぎしたせいで、スーツの中の体温が上がっている。顔が赤くなっているのも恥ずかしかった。

しかし、急に梶木が立ち止まる。

春彦も踏鞴《たたら》を踏み、足を止めた。どうしたのだろう、と梶木の前を覗く。

その目に、金色の髪が見えた。本社ビルのロビーに、数人の外国人が入ってきていた。

——うわ……外人だ。

春彦は、思わずまじまじとその金髪の男を見上げた。田舎の地方都市に住む春彦にとっては、金髪の外国人などテレビの中の住民だ。まるでヴァイキングの末裔《まつえい》のようながっしりとした体躯《たいく》は威圧感を感じるし、金色の髪はやけに豪奢《ごうしゃ》で、王冠のように輝いて見える。おそらくオーダーメードであろうスーツは男の身体にぴったりと合い、野性的な風貌《ふうぼう》に絶妙な洗練された色を加えていた。洗練された野蛮《やばん》人、とでも言えばいいだろうか。残酷《ざんこく》さと優雅さを同時に感じさせる男だった。どこか子供っぽさを残す春彦とはまったく違う。

「——ジェラルド・ハートリー。ハートリー・グループの総帥だ」

梶木の囁きに、梅村が目をむいた。

「ええ!?　あの若いのがですか、常務」

「確かまだ二十六歳だったかな。だが、相当な切れ者だそうだ」

「へぇ……」

二人の会話に、春彦は首を傾げた。なにやら有名人らしいが、春彦にはぴんとこない。

きょとんとしている春彦に、梅村が苦笑する。特殊な産業が多いハートリー・グループの存在を、まだ社会人になりたての春彦が知らなくても無理はなかった。

「ハートリー・グループというのはな、まあいろいろやっているが、君にもわかりやすく言うと……

そうだな、この間アメリカに出張した木村《きむら》君が買ってきた土産《みやげ》があっただろう。チョコにキャラメルが入ったやつ、あれがハートリー・グループで出している菓子だ」

「あれですか！　すごく美味《おい》しかったですよね。お菓子メーカーの方なんですね」

その時の菓子の美味しさを思い出し、うっとりとした顔つきをした春彦に、梅村が小さく噴き出す。細い外見のわりに、春彦はよく食べるのだ。それも、ひどく幸せそうな顔をして食べる。

経理課の女性たちも、そんな春彦を面白がって食べ物を与えていることが多かった。

「わかりやすく言えばだぞ。菓子以外にも車や、船、飛行機もつくるかな。だが、一番の稼ぎ頭《がしら》は……」

一旦言葉を切り、梅村は声をひそめた。

「軍需《ぐんじゅ》産業だ」

「軍需、ですか？」

上司の囁きに、春彦は目を丸くした。

「そうだ。もともとがそこから始まった企業だからな」

梅村が頷《うなず》く。軍需という言葉の響きに、春彦は気味悪そうに首を竦《すく》めた。せっかくの菓子の甘さが、急に胡散《うさん》臭く感じられてくる。

日本《にほん》人にとって、軍需産業ほど馴染《なじ》みのない分野はない。自衛隊はあるが、建前として軍隊を持ってはいけないことになっているし、兵器をつくるメーカーもあることはあるが、アメリカやフランスなどの外国のように、軍需を前面に押し出しているわけではない。マスコミに語られることもあまりないし、その分野に蓋《ふた》を閉ざしてきたせいか、正直言って少々怖くもある。

それは、春彦とて例外ではない。軍事といえば兵器だし、兵器といえば人を殺す道具だ。軍需産業を核《かく》とする企業の総帥といわれると、なんとなく恐ろしさを覚えた。

最初に彼から感じた残酷さは、死の商人としての側面から感じたものなのかもしれない。

春彦は恐る恐る、通り過ぎようとするハートリー・グループの総帥に視線を向けた。

その瞬間、春彦の身体がびくりとした。偶然ではあったが、ハートリー・グループ総帥の視線が、春彦のほうに向けられたからだ。一瞬とはいえ、目が合ってしまう。

彫りの深い、窪《くぼ》んだ眼窩《がんか》から鋭い視線が春彦を一撫でする。野生の、獰猛《どうもう》な肉食獣のような眼差しに、春彦の鼓動が跳ね上がった。

――こわ……。

思わず、身体の芯から震えが走った。やはり、若くして世界企業の総帥になるような人間は違う。たった三歳しか違わないのに、自分とはまるで格が違うとしか言いようのない鋭い眼差しに、春彦は慌てて視線を下に向けた。俯《うつむ》いた視線の先を、ハートリー・グループ総帥の影が通り過ぎた。

ほぅと息を吐き出し、再び恐る恐る顔を上げた春彦は、その姿勢のよい後ろ姿を見上げる。強靭《きょうじん》な筋肉の存在を感じさせる逞《たくま》しさとしなやかさ、そして、堂々とした姿勢の美しさに、春彦は今度は感嘆の吐息をついた。男と生まれたからには、一度は憧れる存在そのものだ。

だが、やっぱり少し怖い。もう二度とすれ違うこともない別世界の人間だが、しばらく記憶に残りそうな印象深さがあった。

「さて、行こうか」

梶木の言葉に、春彦は「はい」と頷く。やっぱり東京《とうきょう》は怖いところだとわけもなく思いながら、春彦は梶木たちのあとについて、受付嬢に教えられた会議室に向かった。


一方、ジェラルドは偶然目にした日本人に目を細めていた。スーツを着ているからにはそれなりの年齢なのだろう。しかし、東洋人の常で、彼も年齢よりずいぶん幼く見える。ジェラルドの基準で言えば、ミドルスクールほどだろうか。わずかに怯《おび》えを滲《にじ》ませた目を見開いて、ジェラルドを見上げているのが可愛らしかった。日本人としては中背に入る身長も、アメリカ人であるジェラルドから見れば小柄の部類に入る。おまけに、小枝のように華奢《きやしゃ》だ。アメリカの女性と比べても、その日本人はずいぶんとか細かった。見開かれた瞳は、子供のように黒々として小動物めいている。

——仔《こ》リスだな……。

そう思ったジェラルドは、不審に思われない程度に彼を観察する。青年は、ジェラルドの視線に怯えたのか、不器用に顔ごと視線を下に向けた。どこか人形めいた、ぎくしゃくした動作が愛らしい。

久々に食指が蠢《うごめ》き出すのをジェラルドは感じた。短期の滞在の予定だった日本には、愛人を連れてきていない。あの仔リスならば、ちょうどいい遊び相手になりそうだった。

『——まるで子供だな』

思わず、ジェラルドは呟いた。

出迎えに出てきた日本側の交渉相手、佐々山《ささやま》がそれを耳にし、聞き咎《とが》める。

『なにか？』

『いや、日本人というのは若く見えるのだな。あそこの彼など、まるで子供だ』

さり気なく眼差しで、獲物《えもの》と決めた青年を指し示す。ジェラルドの思惑などまったく気づかない佐々山は『ああ』と頷き、なにか話し出したが、ジェラルドは適当に聞き流していた。

それより、可愛らしい仔リスのほうが気になる。

顎《あご》に指を当て、ジェラルドはわずかに口元に笑みを刷《は》いていた。


『……この条件だと、野田《のだ》製作所とあまり代《か》わり映《ば》えしないな』

交渉が始まってしばらくして、ジェラルドは提示された書類を机に放り投げた。その態度に、会議室はざわめく。

『しかし、この方面における我が社の技術力は、世界トップです。その点をお考えいただければ、今回の条件はむしろ御社にとってかなり有利なものになっていると思いますが』

小久保電器産業側の営業部長である佐々山が、穏やかに反論する。冷静さを装っているが、彼が内心で焦《あせ》りを募らせていることは、ジェラルドには手に取るようにわかった。

選択権は佐々山ではなく、ジェラルドにあるのだ。ライバルに出し抜かれたくはないだろう。

野田製作所と小久保電器産業は、日本の家電メーカーの雄として長年ライバル関係にあった。

しかし、バブル崩壊以後の長い不況、さらに、韓国《かんこく》、中国《ちゅうごく》メーカーの台頭に苦しめられ、それもあって、家電業界では世界的な業界再編成の波が押し寄せていた。もはや自社のみで、国外の格安メーカーと競い合うことは難しい。

そこに、アメリカから格好の話が持ち上がったのだ。アメリカのというより、世界的企業と言ってもいいハートリー・コーポレーションから業務及び資本提携の依頼だった。軍需から始まり、石油を中心としたエネルギー産業・自動車・造船・鉄鋼といった重工業、それ以外にも医薬品・各種の食品、果ては銀行・証券会社もグループ内に抱え込んでいる一大コングロマリットであるハートリー・グループが、次なるターゲットとして目をつけたのが、家電製品だった。電子レンジや掃除機・洗濯機、あるいはゲーム機器などを販売することによって、ファミリー向け企業であることをアピールしたいのだろう。なにしろ、ここまでグループを成長させるにあたっては、あまり大きな声で言えないこともやっている。黒い噂《うわさ》も多々あった。そのイメージを一新させたい。

しかし、IT関連などの新興業種と違って、古くから存在する家電分野の市場はすでに開拓されている。そこに新規で参入するのはかなりの支出を強《し》いられるだろう。それならば、とハートリー側は考えた。すでにあるメーカーと業務・資本提携をするという形で、まずは市場に参入していくのだ。

そして、そのために目をつけられたのが、日本の野田製作所と小久保電器産業だった。両メーカー共に日本の企業なだけあって、技術力には定評がある。その上、新興国メーカーに追い上げられ、世界戦略に苦慮している。不安定な経営と、高い技術力、そして、家電メーカーとしての世界的な信用度。これらを計算して、ハートリー側はこの二社に業務・資本提携を持ちかけた。

二社にしても、ハートリー・グループからの申し出は渡りに船であった。なんといっても、ハートリー・グループの傘下に入ることによる資金提供は魅力的だ。また、ハートリー側の軍需産業からの技術提供も忘れてはならない。国家からも資金提供されての軍事研究は、ある意味世界でもっとも進んだ研究レベルにあるといってよい。軍事のために研究されているといっても、そこから民事に転用できる技術は多い。そしてそれは、日本の一家電メーカーが開発できる能力を超えていた。たとえ一部では、軍需に関わる開発をしているとしても、ハートリー・グループとは規模が違う。

そのために、野田製作所も小久保電器産業も、一歩も退《ひ》かない構えでハートリー・グループとの交渉を進めているのだ。現在のところ、市場占有率は両社ともほぼ互角。技術力は、小久保電器産業が若干リードしている。特に、次世代液晶テレビの技術では、業界を一歩リードしていた。こちらは逆に、民間から軍事に転用できるほどの技術だ。ここが小久保電器の強みだ。小久保電器の佐々山はなんとかその点をアピールして、ハートリー・グループとの契約にこぎつけたいと考えているようだった。

たしかに、小久保電器の液晶技術は魅力的だ。ハートリー・グループの本丸である軍需産業にも転用できる。だが、業務・資本提携をするのなら、あくまでもハートリー側が有利になる取り決めでなくては意味がない。ジェラルドは佐々山をちらりと見やり、口を開いた。

『野田製作所側の条件は、株式一千万株の割り当てと、当社側の人間を取締役に一人受け入れること、だったかな』

『一千万株……！』

しかも、取締役会に一人役員を受け入れる条件もついている。佐々山が考え込むように、唇を引き結んだ。どうするべきか思案している様子だ。しばらくして口を開いた。

『――それでは、当社は第三者割り当てで、新株式を三千万株発行します。その全数を御社に割り当てるという条件ではいかがでしょうか』

『取締役のほうは？』

ジェラルドは訊《たず》ねる。

『そちらは、申し訳ありませんが……』

佐々山が言葉を濁《にご》す。どうしても、役員にハートリー側の人間を受け入れたくないのだろう。

ジェラルドは思案した。揺さぶりをかけてみるべきかもしれない。軽く肩を竦めてみる。

『それでは、野田製作所との提携を考えてみなくてはいけないな』

『お待ちください！』

佐々山が食い下がってくる。ジェラルドよりはるかに年長の、四十歳を少し過ぎた頃合いの佐々山は、小久保電器内では若くして営業部長にまでなった男だったが、ここで失策《しっさく》を犯せば一気にコースをはずされかねない。彼にとっても、今回の交渉は正念場だった。

席を立とうとするジェラルドに、佐々山が歩み寄ってくる。

『取締役の件は、わたしの一存では決められません。いま少し、お時間をいただけないでしょうか』

『時間というと？　わたしはいつまでも日本にいられるほど暇《ひま》ではない』

ジェラルドはわざとそっけなく佐々山に手を振る。

『必ず、御社にご満足いただける内容を提示いたします。ですから……！』

必死の佐々山に、ジェラルドは悠然とした微笑を浮かべた。最終交渉分の時間は予想済みだった。ただ、遊び相手が欲しいだけだ。

『それでは、時間潰《つぶ》しの種を提供してもらおうか、佐々山』

そう言って、ジェラルドは佐々山を手招いた。耳元に口を寄せ、ひそりと囁く。

佐々山の顔色が変わった。しかし、ジェラルドには関係ない。

『うまく時間潰しをさせてくれなかったら、野田製作所と契約してしまうよ？』

ジェラルドは佐々山の肩を軽く叩《たた》き、会議室をあとにした。背後で、秘書のナッシュがため息をついていたが、どうということはない。せっかく日本に来たのだから、日本産の仔リスと遊んだほうが面白いではないか。

秘書を従え、ジェラルドは立ち去った。

数時間後、春彦は軽く伸びをして、経理部内にある会議室から出てきた。昼から始まり夕方になってようやく、決算報告会が終わったのだ。小久保電器産業の各子会社が集まっての報告会だったから、どうしても時間がかかる。梅村も、やれやれという顔をしていた。周囲には同じようにほっとした様子の各子会社の経理担当者たちが集《つど》っている。

事前に梅村から彼らに紹介された春彦は、懸命に全員の顔と名前を記憶しようとしていた。まだまだ与えられた仕事をこなすくらいしかできない春彦には、覚えるべきことがたくさんある。

とにかく地元で、子会社とはいえ小久保電器産業に繋がる企業に就職できたのだから、定年まで勤め上げられるよう、頑張るつもりだ。

幸い、配属された総務課の課長である梅村はどこか春彦と似た性格の、野心のない、実直な人物であったし、仕事には厳しいが嫌味な上司ではない。女性三人との付き合いには気を遣うが、三人とも春彦より年上の既婚者であるため、どちらかといえばマスコット代わりに遊ばれている状態だ。それはそれで複雑な心境であったが、嫌われて、女性特有の意地の悪い対応をされるよりよほどいい。

「さて、そろそろ帰るか」

それぞれに挨拶《あいさつ》を交わしたあと、梅村が言う。それに素直に返事し、「あ」と春彦は声を上げた。

「あの、常務はどうされるのですか?」

報告会はそれぞれの課長レベルで済まされ、梶木のような子会社の取締役たちは別の部屋に通されていた。そこで、本社の役員と会議をしているらしい。

梅村は、軽く手を振った。

「ああ、常務はこのあと接待があるようだし、今夜は東京の自宅に戻るそうだ」

「あ、そうなんですか」

もともとが小久保電器産業の社員だった梶木は、東京に自宅があった。小久保精機には出向《しゅっこう》という形で来ているのだが、田舎暮らしを嫌った夫人は娘たちと東京に住んでいるらしい。

「単身赴任ですもんね。久しぶりの家族水入らずで、よかったですね」

「あ〜……まあ、そうだなぁ」

人にはいろいろ事情があることを知っている梅村は、歯切れの悪い返事だ。だが、すでに家族を亡くして一人暮らしをしている春彦を思いやって、無難に返してくる。

「さて、今の時間だと、六時には会社に戻れるな」

「そうですね」

梅村と春彦の二人は、早々に帰ろうと動いた。帰社したあとも、まだ仕事が残っている。それを済ませてからでないと帰れないため、二人共できるだけ早く会社に戻りたかった。

しかし、エレベーターに乗ろうと待っていると、そこへ梶木が現れた。

「常務、どうかなさったのですか？」

どこか慌てたふうの梶木に、梅村が不審そうに問いかける。

「いや、二人共もう帰るのか」

「はい、報告会も無事終わりましたので」

梅村の返事に梶木は頷き、春彦を手招いた。

「そうか。悪いが、ちょっと津本君は残ってくれないか」

「僕……ですか？」

急に名前を出され、春彦は首を傾げた。いったいどういう用件があるのだろうか。

梅村も、不思議そうな顔をしている。

「津本をですか？」

「ああ、ちょっと頼みたいことがあってな」

まだ一年目の社員になにを頼むことがあるのだろう、と梅村も不審に思ったようだが、立場上とやかく言えない。おかしくは感じたが、素直に頷くしかない。

「わかりました。それじゃ、津本君」

「あ、はい」

「帰りは一人でも大丈夫だね？」

まるで子供にするような問いかけだったが、春彦は一瞬詰まると、あやふやに頷いた。

「……大丈夫だと思います」

電車はＪＲだけ、市内を走るのはバスが唯一の交通機関である田舎で育った春彦に、初めての東京は少々ややこしかった。駅はやたらに広いし、地下鉄は込み入っている。だいたい、ＪＲ以外の電車があるというのがわかりにくい。

しかし、東京駅まで出られればなんとかなるだろうと腹を括《くく》った。道に迷ったら、人に聞けばいい。

「それじゃ、梅村君、津本君を借りるよ」

「はい。わたしはお先に失礼させていただきます」

軽く会釈《えしゃく》をすると、梅村はエレベーターへと向かう。

それを見送ると、梶木は春彦に向き直った。

「じゃ、津本君、悪いね」

「いいえ、大丈夫です。それで、どういったご用件なのでしょうか？」

まだ新人の春彦にできることは少ない。春彦の一生懸命な顔を見下ろし、梶木は軽く頷いた。

「うむ。こっちへ来たまえ」

春彦を別室に誘《いざな》う。春彦はおとなしく、梶木のあとに従った。

「待たせてすまなかったね、佐々山君」

ちょっとした会議室になっているらしいその部屋に入ると、梶木は軽く手を上げて挨拶する。中にいるのは、春彦の初めて見る顔だった。いや違う。そういえば、さっきロビーで出会った外国人と一緒にいた人だ、と春彦は思い出した。いったいなにが始まるのか、春彦は少し不安に感じた。おそらく本社の人だろうが、春彦に関係があるとは思えない。

佐々山は、梶木ににこやかに答えている。

「いえ、たいして待ちませんでしたよ」

そう言ってから、梶木の後ろにいる春彦に視線を移してきた。なんだか値踏みをするような眼差しで、居心地が悪く感じる。春彦は気まずそうに、視線を床に落とした。

「彼が小久保精機の今年の新人ですね」

「総務課の津本春彦君だ」

「初めまして。よろしくお願いします」

春彦は、ぺこりと頭を下げた。

柔和《にゅうわ》な笑みを浮かべた佐々山は、見るからに緊張している春彦を一撫でするように見下ろしていた。

春彦は細い身体つきのせいか、実際の身長以上に小柄に見える。容姿もこれといった印象のない、影の薄い青年だ。年齢のわりに幼く見えるのが可愛いと言えなくもないが、それも特筆するほどのものではない。どう見ても、小柄で童顔のどこにでもいる青年だった。

手早く観察を済ませた佐々山が、穏やかに名乗る。

「小久保電器産業の佐々山です。今日は帰るところを引き止めてしまって、すまなかったね」

「いえ、あの、全然大丈夫ですので、はい」

まだ学生っぽさが抜けない返事に佐々山は内心眉《まゆ》をひそめたが、春彦は気づかない。表面上は、佐々山は穏やかな紳士のように見えた。さっき春彦をまごつかせた眼差しは、もう消えている。

春彦は緊張を残しながら、梶木の少し後ろに立っていた。

梶木が、簡単に佐々山の立場を補足してくる。

「津本君、彼は小久保電器産業の取締役営業部長だ」

「え!?　そうなんですか」

春彦は驚いた。どう見ても、まだ梅村より年下に見える佐々山が、本社の取締役営業部長だとは驚きだ。もしかして、これがエリートという人なのだろうか。

目を見開いて見上げてくる春彦に、佐々山が苦笑する。それがまた、春彦には大人の余裕に見えた。

「くれぐれも失礼のないように。いいね、津本君」

「は、はい」

生真面目に大きく頷く春彦に、梶木は噛んで含めるような口調で言う。童顔の上、一生懸命な様子がどうも子供っぽく見えてしまう春彦に、つい保護者めいた態度をとってしまうのだろう。

梶木は、今度は佐々山のほうに向き直った。

「それじゃ、佐々山君、よろしく頼むよ」

「はい、津本君はお借りします。ありがとうございました、梶木さん」

春彦にひとつ頷くと、梶木は早々に室内をあとにした。後ろ姿を見送ってから、春彦は佐々山に向き直る。本社の取締役と二人きりで取り残され、なにを命じられるのかと考えると、春彦は少しばかり不安であった。だいたい、子会社の新人に過ぎない春彦に、なにができるというのだろうか。

梶木までいなくなってしまい、春彦はますます緊張した。

「さて、津本君」

佐々山が穏やかに話しかけてきた。人好きのする和《なご》やかな笑みに、春彦もなんとか気を落ち着けようとする。大丈夫だ、精一杯自分にできることをやればいい、と言い聞かせた。実際、春彦の取りえといったら『一生懸命こつこつと』しかなく、それ以上の背伸びをしようものなら、もれなく失敗談がついてくるのがオチだった。

「実は頼みというのは、少々突拍子《とっぴょうし》もないことなのだが……」

申し訳なさそうに、佐々山は語尾を濁してくる。

「今、我が社ではハートリー・コーポレーションとの業務提携の話が進んでいてね。ああ、ハートリー・コーポレーションのことは知っているかね？」

佐々山の問いかけに、春彦は頷いた。先ほど、行きがけにロビーで説明を受けておいて、本当によかったと内心胸を撫で下ろす。

「たしか、車や船、お菓子などをつくっている企業ですよね。先ほど、入ってくるところをロビーで見かけましたが……」

おずおずと答えると、佐々山が破顔した。

「うん、見ていたんだな。よかった。どうだろう、彼はまだ若い青年だっただろう？」

「あ、はい。大企業のトップの方で、あんなに若い方は初めて見ました」

春彦の脳裏《のうり》に、一瞬だけ目が合った青年の姿が浮かび上がる。光を受けて綺麗な光輪を浮かび上がらせていた金色の髪、少し酷薄《こくはく》そうな薄い唇、深く窪んだ眼窩、そして、そこから放射された猛禽類《もうきんるい》のような鋭い視線……。

思わず、春彦の身体が震えた。あのアメリカ人の男は、いつもあんな眼差しで他人を見るのだろうか。そうだとすれば、やはり若くして大企業のトップに立つ人間は違う。あれくらい厳しくなければ、自分よりはるかに年上の人間をとうてい率《ひき》いていけないのだろう。

無意識に、かすかに眉を寄せている春彦を見下ろし、佐々山が穏やかに続ける。

「そう、非常に若い。しかし、彼の決定がハートリー・コーポレーションの意思になる」

「はい」

「我が社としては、なんとしてもこの業務提携の仕事を取りたいのだが、ライバルとして野田製作所も名乗りを上げているのが現状だ。あそことうちとでは、業績にそう差があるわけではない。正直なところ、ハートリー側にとって見れば、どちらの企業と提携を結んでもさしたる違いはないと考えているだろう。そこで、だ。ここからが営業の出番になるのだよ」

「……はぁ」

話の要点が摑《つか》めず、春彦は覚束《おぼつか》ない返答を返す。春彦の肩に、佐々山が掌《てのひら》を置いた。

「契約条件については社内で検討するとして、営業としてはハートリー氏への接待に全力を挙《あ》げなくてはならない。わかるだろう？」

「それは、はい、わかります」

春彦は頷いたが、それが自分となんの関係があるというのだろうか。要領を得ない。

佐々山がいかにも紳士然として続けてくる。

「実は、今夜、彼を料亭に招待しての接待がある。それに、君も来てほしいんだよ」

穏やかに言われた内容に、春彦は啞然《あぜん》とした。どうしてハートリー氏の接待に春彦が行かなくてはならないのか、まったくわけがわからない。

「え？　ですが、僕は子会社の人間で、それに総務の者ですし、接待とかそういうのはちょっと……」

だいたい、ハートリー・グループ総帥の接待など、春彦程度にできるわけがない。場違いもはなはだしかった。しかし、困惑する春彦に、佐々山が微笑を浮かべる。肩を摑む手がなんだか強くなっている気がした。

「いや、心配しなくてもいい。津本君に頼みたいのは、ハートリー氏の話し相手になってほしいということなんだよ」

佐々山の言葉に、春彦はますます混乱した。春彦は、自分でも話し上手《じょうず》ではないと自覚している。

アメリカの、若くしてトップに立った人間相手に、春彦風情《ふぜい》がどんな話ができるというのだろうか。うまくいくわけがない。そもそも、片言《かたこと》の英語しかできないのだ。

佐々山もそれはわかっているのだろう。仕方なさそうな苦笑を浮かべている。

「実は、ハートリー氏からの指名でね。ぜひ君と話がしたいと、こう仰《おっしゃ》っているんだ」

「はい……？」

春彦は戸惑った。どうしてハートリー氏が自分に目を留めたのか、まったくわからない。

しかし、わからないのは佐々山も同様の様子だった。

「とにかく、君と話をしたいということだから、わたしと一緒に来てほしい。ハートリー氏の機嫌を損《そこ》ねることは、今の我が社にはとうていできないんだ」

「はい……それはわかりますけど……」

どうして自分なのだろう。春彦は首を傾げる。たしかに一瞬だけ目が合いはしたが、話しかけられたとかそういう記憶はない。春彦のなにがハートリー氏のアンテナに引っかかったのか、思い当たる節《ふし》はなにもなかった。困惑する春彦の肩を、佐々山が気安く叩く。

「おそらく、我々を困らせるために君を指名したんだろう。ロビーで少し見かけただけの、名前もわからない相手を探せだなんて、どう考えてもいやがらせだ。だが、それに降参するわけにはいかない。幸い、受付の子に訊いてなんとか君のことはわかったし、連れて行きさえすれば、ハートリー氏も君をすぐに解放してくれるだろう」

「いやがらせ、ですか……？」

「そうだ。ハートリー側の取締役を受け入れるか否《いな》かで、少し揉《も》めている。うちとしては、ハートリー・グループと提携はしても、取締役までは受け入れたくない。その交渉の正念場《しようねんば》なんだ。ハートリー氏の気まぐれに少し付き合ってやってくれないかな。なに、単なるいやがらせなんだから、君を見せればすぐに帰してくれるよ。頼む」

頭を下げてくる佐々山に、春彦は戸惑い顔で立ち尽くした。ずいぶん奇妙な申し出に思える。会社同士の交渉事というのは、そんないやがらせまであるのだろうか。

——アメリカ人の考えることって……？

それとも、若くしてグループの総帥などという地位につく人間は、どこかおかしなところを持っているのだろうか。

いずれにしろ、本社の取締役が困っていて、春彦が少し顔を見せれば助けられるのだ。奇妙な申し出だが、会社というのはそういうことだってあるのかもしれない。幸い、春彦は小久保電器に関係する人間だったからすぐに探し出せたが、これで春彦が小久保電器にまったく関係のない人間だった場合、ハートリー氏の申し出は十分ないやがらせになる。

顔を見せるだけでいいのなら、会社のために「はい」と言うのが筋《すじ》のように思えた。子会社とはいえ、春彦だって小久保電器グループの一員なのだ。

「……わかりました。なんだかよくわからないですが、やってみます」

自信がないながらも、春彦は承知する。目の前の佐々山を不安そうな顔色で見上げ、頷いた。わけがわからないが、やるしかない。佐々山は、見るからにほっとした様子で息を吐く。

「ありがとう、津本君。本当に助かるよ、ありがとう」

佐々山の安心した穏やかな笑みに、春彦も微笑み返す。実際、どれだけ自分が役に立てるのかわからないが、とにかく顔さえ見せればいいのだ。見事春彦を探し出した佐々山に、ハートリー氏はびっくりするかもしれない。そう考えると、少しは愉快かもしれない。

「それじゃ、早速で悪いが、ハートリー氏をホテルまで迎えに行くことにしようか」

「はいっ」

緊張した面持《おもも》ちで、春彦は佐々山のあとに従った。気になるのは、帰社が何時になるかということだけだ。

――最終の新幹線までには終わるよな。

春彦はそう思っていた。


小久保電器産業ビルから車で二十分ほどで、ホテルに到着した。都内でありながら広々とした庭園を有しているホテルに、春彦は少し驚いていた。入り口に立っているドアマンはグレーの燕尾《えんび》服に似たデザインの格好で、同色のシルクハットまで被っている。

――ここ、日本だよね……？

春彦は思わず、自分で自分に確認してしまう。安いホテルや民宿くらいしか知らない春彦には、広すぎるロビーも驚きだ。ホテル内に入ると歩くたびに足が絨毯《じゅうたん》に沈み込み、春彦はますます緊張した。内装もヨーロッパの邸宅ふうで、自分がそこにいるのが恐ろしく場違いに感じられてしまう。そこかしこに立っているホテルの従業員も、恐ろしく洗練されて見える。

どぎまぎしながら、春彦は佐々山のあとについてエレベーターに乗った。

「ハートリー氏は、ここのインペリアル・スイートに滞在している」

「インペリアル……そうですか」

もはや、春彦の理解を超えている。借りてきた猫のように縮こまった状態で、春彦はエレベーターを出て、ハートリー氏の部屋に向かった。

しんと静まり返った廊下は、なんの匂《にお》いかわからないいい香りが漂っている。なんとなく自分の格好が気になり、一日着て皺《しわ》の寄ったスーツの裾を伸ばして整えた。

普段は薄い青の作業着を着て仕事をしている春彦のスーツは、就職活動でも使った量産品の暗いグレーのものだ。会社に通うのはカジュアルな格好でよかったし、仕事中は事務だろうと現場の人間だろうと作業着が基本だから、そう何着もスーツを持っていないのだ。

そんな格好で、春彦には一生縁のなさそうな高級ホテルにいると、ひどく気になってしまう。

——早く顔を見せて、地元に帰りたいよ。

ため息を押し殺し、春彦は佐々山のあとをしょんぼりとついていった。

ドアの前で佐々山が立ち止まり、インターホンを鳴らした。これでようやく用件を済ませられる。

春彦はもう一度スーツの裾を引っ張り、居住まいを正した。緊張で、掌に汗が滲んでいた。

しばらくして、ドアが開く。ドアを開けたのは、銀色の髪をした作り物のように目鼻立ちの整った男だった。

『佐々山様、お待ちしておりました。――そちらが、津本様ですね』

男は英語で、佐々山に話しかける。その程度の内容は、春彦にも理解できた。どうやら先方には、春彦の名前も伝えられているらしい。

緊張しながら、春彦は男に軽く頭を下げた。その背を、佐々山が押す。

『お約束どおり、彼をこちらに連れてまいりました。あとはよろしいように。ハートリー氏によろしくお伝えください』

あとはよろしいように、とはどういう意味だろう。

「あの……佐々山部長？」

戸惑っている間に、部屋に押し込まれる。春彦の背後でドアが閉められた。

佐々山はついてこない。

――なんで……？

春彦は呆然としたまま、閉じられたドアを見つめていた。

二.

これから春彦はどうすればいいのだろう。少し顔を見せればそれで済むのではなかったのか。それなのに、どうして佐々山は部屋に入らなかったのだろう。疑問がぐるぐると頭の中を回っている。

たった一人残されて、春彦は戸惑っていた。佐々山が同行しない理由がわからない。

混乱した春彦に、銀髪の男が丁寧に訊ねてくる。

『英語はおわかりになりますか、津本様』

背後からかけられた声に春彦は一瞬跳び上がり、やや遅れて意味を理解して、小さく頷いた。

英語――。

これから春彦は、苦手な英語に一人で対処しなくてはいけないのだ。冷や汗がじんわりと滲み出した。しかし、逃げ出すわけにもいかない。

『は、はい。少しだけですが、わかります』

上擦《うわず》った声で、春彦はなんとか英語で答える。

『それでは、こちらにおいでくださいませ』

『あ……はい』

心臓がばくばくと鳴っている。たった一人で本社の取引相手の滞在する部屋に入れられてしまい、春彦はおどおどと銀髪の男のあとについていった。これからどうなるのか、どうしたらいいのかさっぱりわからず、パニックを起こしそうだった。

銀髪の男は、春彦を広い応接間のようなところに案内する。青を基調にしたソファに、小久保電器で昼間見た男が座っていた。ここまで春彦を案内してきた褪《さ》めた銀髪の男とは対照的な豪奢な金髪だ。頼りにしていた佐々山とも離れ、一人で本社の大事な取引相手に顔を見せなくてはならない羽目になってしまった春彦は掌に汗を滲ませながら、男に向かって礼をした。

「あの……」

なんと言ったらいいのだろう。こういう時にどうしたらいいのか、春彦にはまったくわからない。ここに来た理由もわけのわからないものだったから、なおさらどう話しかけたらいいのか困惑した。

視線を泳がせる春彦に、男がにこりと微笑みかける。

『よく来たね、春彦。春彦と呼んでもかまわないだろう？』

『は、はい。あの……』

おどおどする春彦を、男が手招く。

『こちらにおいで、春彦。いや、そっちじゃない。ここだ』

男の座るソファの向かいに行こうとした春彦に、男が自分の隣をぽんぽんと叩く。まさか、隣に座れという意味だろうか。

戸惑い、立ち止まる春彦に、男がもう一度自分の隣を軽く叩く。

『おいで、春彦』

なんだかやけに声が甘ったるく聞こえるのは、気のせいだろうか。いいや、きっと気のせいだ。

ふと浮かんできた疑問に蓋をして、春彦はおずおずと男の隣に向かう。言われるままに、男の隣に腰を下ろした。取引相手のいやがらせで顔を見せに来ただけなのに、なんだか落ち着かない。
固くなる春彦の肩に、男が腕を回してきた。

「……え？」

春彦は思わずびくんとする。どうして男に肩を抱かれなくてはいけないのだろう。
驚きを隠せない春彦に、男がゆったりと微笑んできた。

『可愛いな、春彦。それでは、接待をしてもらおうか』

『せ、接待？』

男が、春彦の顎を軽く持ち上げてくる。そのまま男の顔が、春彦に近づいてきた。春彦はそれを、信じられない気持ちで見つめる。触れる寸前で、やっと口が開いた。

『……な、なにをするんですか？』

情けないことに、声が震えていた。
男が、ふっと口元を綻《ほころ》ばせる。吐息《といき》が唇に触れ、春彦はますます動揺した。

『接待だ、春彦。日本ではこういう接待があるのだろう？』

『なにを言っているんですか？　こんな接待なんて、現実にあるわけないですよ？』

きっと冗談に決まっている。それともこれも、いやがらせの一種なのだろうか。だとしたら、ちょっと性質《たち》が悪くないだろうか。

春彦は男を押し戻そうとした。しかし、男の力は強く、びくとも動かない。それどころか反対に全身を抱き込まれ、口づけを強いられる。春彦は慌てた。

「やっ……いやだ、やめっ……っん……ぅ、ん」

動揺した春彦の口から出るのは、もはや英語ではなく日本語だ。必死で肩を押し戻そうとするのだが果たせず、男に唇を塞《ふさ》がれる。いやだと言おうとした唇の隙間《すきま》に、男の舌が素早く入り込んでくる。

「や……んぅ……っ、ふ……ん、っ」

くちゅ、と舌の絡まり合う音が室内に響《ひび》いた。春彦の頬が、かあっと赤くなる。男にキスを奪われ、舌を入れられているのだと音からも感じさせられた。絡めた舌を吸い上げられ、ひくんと背筋が反り返る。頬の裏側を舐《な》められると、下肢に鈍い熱が溜まりだす。

男の口づけは、悔《くや》しいことにひどく巧《たく》みだった。そうたいした経験のない春彦では抵抗できない。拒もうと肩を摑んでいた手は、いつの間にか縋《すが》る手に変わっていた。そうでないと、くずおれそうになる上体を支えきれない。

「ん……ふ……ぁ」

小さな水音を立てて唇が離れる。呼吸を貪《むさぼ》る唇が濡《ぬ》れて、赤く腫《は》れていることに春彦は気づいていなかった。男から見て、それがどれだけ扇情的《せんじょうてき》であるのかも——。

男の指が、ゆっくりと春彦の唇を辿《たど》る。

『可愛いな、春彦。わたしはジェラルド・ハートリー。特別に、ジェラルドと呼ぶことを許してやろう。ベッドに行こうか？　それとも、ここがいいか？』

ネクタイの結び目に指をかけられる。

布地の擦れる音に、春彦ははっとして我を取り戻した。口づけにぼうっとしている場合ではない。

『冗談はやめてください！　僕はそんな接待なんてしません。放してください』

ネクタイを解く手を払いのけ、ジェラルドを睨んだ。なにが特別にジェラルドと呼ぶことを許してやるだ。ふざけるな。

『乱暴だな、いけない子だ。契約を野田製作所と結んでもいいんだよ？』

ジェラルドの怖いくらいに澄《す》んだ碧《あお》い目が、面白そうに春彦を見つめる。

——契約……？

そういえば、これがハートリー・グループとの業務提携のための接待だったことを春彦は思い出す。

だが、接待のために春彦の身体を投げ出さなくてはならないなんて聞いていない。

『そんなこと……僕に言われても……』

春彦は小久保電器産業の社員ではない。子会社の小久保精機の人間だ。それに、そもそもこんな接待なんてあるだろうか。ジェラルドが喉の奥で小さく笑い、春彦の顎をくすぐってきた。

『いいのかな、そんなことを言って。もしも小久保電器ではなく野田製作所と提携することになったら、小久保電器はとても困るのではないかな。業績もぐっと落ちることになるかもしれない。そうなったら、それはすべて君の責任ということになる』

『僕の責任って……え……』

春彦は額を押さえ、首を振った。ところどころ意味がわからないところがある。簡単な英会話ならともかく、込み入った話になるとなにを言っているのかうまくわからなかった。

「責任ってなんで？　なにが僕の責任なんだよ。英語で言われたって、意味がわからないよ」

どうしたらよいのか混乱して、春彦は自分でも気づかないうちに日本語で呟いていた。

『なに？』

ジェラルドが問いかけてくる。英語での問いかけに春彦は感情を抑えきれず、ジェラルドを睨んだ。

「英語なんかで言われたって、わけわかんないよ！　なんで僕の責任なんだよ！　こんな接待なんて、接待であるわけがないだろう？　冗談もいいかげんにしろ！」

春彦はやけくそで、思い切り怒鳴《どな》った。こんな状況に追い込んだ佐々山にも、いやがらせのためにセクハラを仕掛けてくるジェラルドにも腹が立った。

ジェラルドは一瞬、唖然とした顔をして春彦を見つめていたが、すぐに噴き出してくる。

「はははは、怒った顔も可愛いな、春彦。最高だ」

「最高って、僕を馬鹿にしているんですか！　……って、え？　日本語？」

今聞こえてきたのは、日本語ではないだろうか。春彦は目を大きく見開き、ジェラルドを指差してしまう。その指をジェラルドがやさしく握り、口づけてきた。

「英語が苦手なら、日本語を話してやる。だが、君をここに呼んだのは冗談ではない。わたしが君を気に入ったから、佐々山に用意させたんだ。意味はわかるか？」

流暢《りゅうちょう》な、あまり癖《くせ》のない日本語だった。目を瞑《つぶ》って聞いていたら、日本人と間違えそうだ。まさかこんなにうまい日本語が話せるとは思わず、春彦は呆然《ぼうぜん》とした。

「春彦、大丈夫か？」

ジェラルドがくすくす笑って訊いてくる。驚いている春彦がおかしくてならないようだった。

春彦はびくりと肩を上げた。そうだった、驚いている場合ではない。

ジェラルドはなんと言った？　佐々山に用意させたとか言っていなかったか。それはつまり……。

腹の底が急に冷えてきた気がした。ジェラルドが春彦を気に入り、佐々山に用意させたというのが本当なら、春彦がここにいるのはただ顔を見せるだけなどという理由ではない。

いやがらせのためではなく、顔だけ見せるためでもなく、最初からジェラルドに与えられるために、春彦はここに連れてこられたということなのだ。

「佐々山部長は本当に……」

苦しくなってきた胸を押さえて呟く春彦に、ジェラルドが笑いながら答える。

「佐々山がなんと言ったのかは知らないが、考える時間を与える代わりに君を寄越《よこ》せと言ったのはわたしだ。そして今、君はここにいる。つまりそれが佐々山の答えだ、そうだろう？」

「でも……顔を見せるだけだって。あなたがいやがらせで、名前もわからない、ロビーで見かけただけの僕を指名したって、佐々山部長はそう言ってました。接待だなんて……」

しかも、身体を使った接待だなんてありえない。春彦は女性ではないし、いやそもそも女性だったとしてもこんな時代錯誤《さくご》な接待など現実にあるとは思えなかった。あってもドラマや小説の中の話だ。

だが、ジェラルドは依然《いぜん》春彦を抱きしめたまま、まるで恋人にするように髪を撫でてくる。

「春彦、君はいくつだ？」

「いくつ？　……あ、二十三歳です」

「入社してから何年目になる？」

「え、あの……今年の春、入社しました」

ジェラルドがなにを訊きたいのかわからず、春彦は戸惑いながら答える。年齢やいつ入社したかなんて、なんの関係があるのだろう。

ジェラルドが、春彦の髪に軽くキスしてくる。

「それなら、まだ接待のことがよくわからなくても仕方がないか。会社に対する忠誠心《ちゅうせい》が生まれるには、半年は早いかな？」

「忠誠心って、それとこれとは関係ないと思います。こんな接待……！」

春彦が吐き捨てると、ジェラルドに顎を持ち上げられる。またキスされるのかと、春彦は身構えた。

「日本人には、会社に対する忠誠心があると聞いていたが、君にはないのか」

「いつの時代の話をしているんですか。仕事に対する責任感はありますが、こんな接待は含まれていません！」

「……なるほど。それでは君は、小久保電器産業がわたしとの提携を逃《のが》しても関係ないと言うんだな」

春彦の顎を指で軽く持ち上げたまま、ジェラルドが訊いてくる。

「か、関係なんて……」

ない、と春彦は言いたかった。しかし、どういう内容かはわからないが、ハートリー・グループとの提携が小久保電器にとって大事な話であることはわかる。

春彦は小久保電器の社員ではなく子会社の社員であるが、小久保電器グループの一員ではあった。広い意味で、小久保電器の利益は春彦にも関係してくる。

「……関係なくはないと……思いますけど……」

「思いますけど？」

ジェラルドが先を促してくる。全身を抱き込まれた上、顎を摑まれ、春彦は逃げ出したくてたまらなかった。ジェラルドが望むような接待など、自分にできるわけがない。

何度か唾《つば》を飲み込み、春彦は思い切ってジェラルドを見つめ返した。澄んだ碧い瞳に気圧《けお》されそうになる。秀《ひい》でた額、彫刻のように整った鼻梁《びりょう》を目にし、どうしてこんなに格好いい人が春彦などに接待を望むのか、不思議に思えた。だがとにかく、この状況からなんとかして逃れなくてはならない。

春彦は震える呼吸を抑え、口を開いた。

「関係なくはないですけど、あなたが望むような接待なんてできません。僕、男なんですよ？　なんで同じ男の接待なんてできるんですか」

懸命な春彦の抗議に、ジェラルドが鼻を鳴らす。その目は、ひどく楽しそうだった。

「わたしは平気だ。男でも女でもどちらでもかまわない。今は、君が気に入っている、春彦」

「気に入るって……そんな、変です。お、男同士なんて……」

春彦の世界ではありえない。今までの恋人も女性ばかりだったし、その女性たちとだって清《きよ》い交際を貫《つらぬ》いてきたのだ。というより、手を出すタイミングを摑みかねて振られてばかりいたのだが、とにかく春彦は今まで付き合ったことのある女性たちとだってキスもなかなかできなかったのだ。それなのに男とだなんて冗談ではない。男同士でなにができるのかすら、春彦にはわかっていなかった。

怯えて混乱する春彦とは対照的に、ジェラルドは余裕たっぷりの様子だった。くすくす笑いながら、春彦の唇を指で撫でる。

「おかしなことを言うな、春彦。日本には古くから男同士の伝統があると聞いているぞ？　だが、そういう可愛いことを言うということは、春彦は初物のようだな。嬉しいよ、春彦。わたしが全部教えてやろう。男に愛されるすべてを――」

そのまま、ソファに押し倒されそうになる。

「いやだっ、やめろ……っ！」

春彦はなんとか身じろぎ、抵抗しようとした。思い切りジェラルドの肩を押し返そうとする。

しかし、あっさりとソファに押し倒され、春彦は慌てた。このままでは、ジェラルドのいいようにされてしまう。接待なんて、絶対にいやだった。こんな接待なんて、接待じゃない。

「いやだ……っ！」

肩を押し戻そうとした手を振り上げ、ジェラルドの頬を叩《はた》く。乾いた音が室内に響いた。

思いがけない大きな音に春彦はびくりとした。どうしよう、大事な取引先相手を叩くなんてやりすぎてしまっただろうか。

「あ……」

ジェラルドの唇の端が上がる。笑みの形であるはずのそれが、春彦の恐れをかきたてた。

――怖い……。

楽しげな眼差しが、まるで獲物を前にした狩人《かりゅうど》のようだった。怯える春彦の日を捕らえながら、その手が春彦の手首をやさしく摑む。

「悪戯《いたずら》が過ぎるな、春彦。いけない手は、動けないように始末したほうがいいな？」

「し、始末って……」

言葉の意味を推測するのが恐ろしい。始末とはどういう意味なのだろう。

春彦は震えた。逃げ出したいのに、ジェラルドの目に捕らえられて、身動きひとつできない。

「――レナート！」

春彦を見つめたまま、ジェラルドが誰かの名を呼んだ。

すぐに、男が一人やってくる。最初に春彦を案内した銀髪の男だった。

『お呼びでございますか、ジェラルド様』

レナートが慇懃《いんぎん》な様子で、ジェラルドを窺《うかが》ってくる。

これからいったいどうなるのか春彦はわからず、不安だった。ジェラルドや佐々山が望んだような接待はできないということははっきりしているが、どうやってここから逃げ出したらよいのか。

ジェラルドの手が春彦から離れた。乗り上げていた身体を起こしてくる。

もしかして、解放してもらえるのだろうか。かすかな期待が、春彦に芽生えた。

ジェラルドがソファから立ち上がる。

春彦も、おずおずと起き上がろうとした。だが、その肩をジェラルドに押し戻される。

「レナート、春彦の手を押さえる紐《ひも》はあるか？」

「申し訳ありません。紐の用意はいたしておりません」

ジェラルドの問いに、レナートが淡々《たんたん》と答える。主人の日本語に即座に反応して、返す言葉が日本語に変わっている。

「ひ、紐……？　じゃなくて、日本語……。あなたも喋《しゃべ》れるんですか？」

最初に英語は話せるかと訊いたくせに、ジェラルドだけでなくレナートも日本語を操《あやつ》れるなんて、どういうことだ。ジェラルドが機嫌よく答えてくれる。

「大事な取引相手国の言葉が話せないはずがないだろう？　日本は、我が国に次ぐ経済大国だ。だが、日本語は話せないことにしておいたほうがなにかと便利だ。油断して、わたしたちの前でいろいろなことを話してくれるからな。内緒だよ、春彦」

ジェラルドが含み笑う。春彦は唖然としたが、続いてジェラルドがレナートに命じた内容にはっとした。

「紐がないなら、代わりにおまえが春彦を押さえていろ」

「かしこまりました」

命令を受けると同時に、レナートが予備動作もなく春彦の手首を押さえつける。

逃げる間もなく手首を頭上で捕らえられ、春彦は怯えてジェラルドを見上げた。ジェラルドは、レナートに腕を取られて横たわる春彦を、腕を組んで見下ろしている。

「な、なにを……するんですか」

「なにって、決まっているだろう？」

ジェラルドが春彦に屈《かが》み込み、さっき解きかけたネクタイに指をかけてくる。するりとネクタイをはずされ、続いて指がワイシャツのボタンにかかった。

――まさか、そんな……。

頭上で春彦を押さえつけているレナートの顔には、なんの表情も窺えない。レナートがどういう立場の人間なのかは知らないが、ジェラルドに仕えていることはわかる。こんなふうにジェラルドの欲望を助けるのも、もしかしたら慣《な》れているのかもしれない。

しかし、春彦は慣れてなどいない。女性とだってまだしたことがないのに、男に襲われて、しかもそれを男の部下に見られるなどとても耐えられなかった。

「いやだ、やめてください……っ！」

ジェラルドの指がボタンをどんどんはずし、春彦の前をはだける。その目が軽く見開かれた。

「おやおや、シャツの下に肌着を着ているなんて、本当にお子様なんだな。シャツは素肌に身に着けるものだよ？」

からかうように言いながら、肌着を胸元まで捲《まく》り上げる。現れた淡い乳首に、ジェラルドの指が触れてきた。

「や……ぁ、っ」

やさしく指先で撫でられた瞬間、甘い声が洩れる。胸を触られてそんな声が出るとは思わず、春彦は狼狽《ろうばい》した。

「敏感だな。もしかして、彼女にここを吸ってもらったりしてるのか？」

「彼女なんて……やっ」

胸の実が勃《た》ち上がるように摘《つま》まれ、つきんとした甘い痛みが背筋を伝う。唇を噛みしめた春彦の胸の実を、ジェラルドがこりこりと転がした。

「彼女なんて、なんだ？　もしかして、いないのかな。いたことがない？」

抵抗できないように足を膝で押さえられ、胸をいじられる。両方の乳首を、ジェラルドに嬲《なぶ》られた。

春彦は唇を噛みしめ、ジェラルドを睨んだ。真っ赤になった顔に、ジェラルドが頷く。

「ふん……。春彦は——女も初めてなのか？」

「ぁ、っ……そんなこと……っ」

指での刺激に勃ち上がった乳首を、親指の腹で捏《こ》ねられる。未経験なのはそのとおりだったが、そうだと口にするのは癪《しゃく》に障《さわ》った。男の身で、男の接待などさせられるのも腹が立つが、その接待が春彦にとって自分以外の人間との初めての接触だなどとは知られたくない。

「あなたには……関係ない……っ！　あっ」

言い放ったとたん、ジェラルドの指がやさしく乳輪を辿ってくる。乳首にかすめるような触れ方に、春彦は声を上げてしまう。下肢がひくりと跳ねた。

「関係ない？　そんなことはないだろう。初心者か、そうでないかということはとても重要なことだ。男どころか女も知らないとあっては、やさしくしてあげなくては可哀想だろう？」

乳輪を辿っていた指が、今度は強く乳首を摘む。きゅっと摘まれ、春彦は背筋を仰《の》け反らせた。そんなところがこんなに感じるだなんて、春彦は知らなかった。しかし、強情に首を振る。

「放せ……っ！」

腕を押さえるレナートからも、伸しかかるジェラルドからも、とにかく逃げたかった。

「素直じゃないな。やさしくしてほしくないのか、春彦？　もう一度訊く。性別を問わず、身体を許したことは？」

「あ……あなたになんて、関係ない……っ。それより、放せっ。こんなこと……僕はいやだっ！」

なんとか逃れようと、春彦は身を捩《よじ》った。軽く春彦を押さえつけたまま、ジェラルドがため息をつく。しかし、その顔は笑っていた。

「最初のレッスンだ、春彦。わたしは、逆らわれることに慣れていない。だから、わたしが訊いたことには素直に答え、わたしがしろと言ったことには素直に従うんだ。できなかったら、罰を与える。わたしの言うことがわかったか？」

「なに……言ってるんだよ。あなた、頭がおかしいよ。僕はいやだって言ってるだろ。こんなことしたくない。接待なんて知らない！」

ジェラルドが言っている言葉の意味が、春彦には理解不能だった。

逆らわれることに慣れていない？　だからといって、いやだと言っている相手にこんなことをしていいわけがない。主人の言うとおり、春彦の手を押さえつけているレナートも理解できない。二人とも、頭がどうかしているとしか思えなかった。

放せと暴れる春彦に、ジェラルドが駄々っ子を見下ろすように肩を竦める。春彦の必死の抵抗も、本気でいやだと言っている言葉も、ジェラルドにはまったく通じていないようだった。

薄く笑って、春彦の下肢に腕を伸ばす。そのまま無言で、ジェラルドは春彦のベルトに手をかけた。かちゃかちゃとベルトをはずす音が響く。

「いやだ……やめろ、放せ……っ」

暴れようとすると、腕だけでなく上体ごとレナートに拘束される。楽しそうなジェラルドと対照的に、レナートは無表情だった。どんどん下肢《かし》から着衣を剝《は》がされていく春彦に、顔色ひとつ変えない。

春彦は、脱がされかけて束の間自由になった足で、ジェラルドを蹴《け》り上げようとした。

「やめろっ……いや……あ、ん……んぅ、ぁ、ぁ」

いきなり、ジェラルドが半端に脱がせた春彦の下肢に手を入れ、性器を握ってきた。さっきまでの胸への刺激で少しだけ感じ始めていた性器を、ジェラルドの掌がやさしく握り、触ってくる。そっと先端を撫でられ、蹴り上げようとした足から力が抜けていった。幹をやさしく擦られて、下肢がひくりと跳ねる。

なんとか感じまいとして、春彦は首を振った。しかし、弱みをよく心得たジェラルドの手淫に、春彦は思うように抵抗できない。他人《ひと》の手が、こんなに感じるものだなんて、春彦は知らなかった。握られて、やわやわと擦られているだけなのに、身体から力が抜けていく。

春彦の下肢を悪戯しているジェラルドが、薄く笑った。

「嘘はいけないな。いやじゃないだろう、春彦？　ほら、だんだん硬くなってきた。可愛いな」

「違、う……や……やめ……あ、ぁ」

なんとか足を閉じようとするが、うまく足を動かせない。下着の中に差し入れられた指が、巧みに春彦の性感を高めていた。

——こんなこと……いやだ。

それなのに、抵抗できない。

「レナート、春彦の服を脱がせるんだ」

「かしこまりました、ジェラルド様」

頭上から聞こえてきた声に、春彦ははっとした。ここにいるのは、ジェラルドだけではない。ジェラルドの部下のレナートもいるのだ。そんなところで、恥ずかしいことをするわけにはいかない。

「は、放し……て、あ、あぁ、っ」

「だめだ。そんな口が利けないように、もう少し可愛がってあげたほうがいいかな」

幹を撫でていたジェラルドの手が、蜜《みつ》を蓄《たくわ》えた陰嚢を転がし始めた。樹液を搾《しぼ》り出すように揉《も》み、硬くなりだした幹を扱《しご》く。

春彦の呼吸が上がった。いやらしい声が出てしまうのが恥ずかしく、きつく唇を嚙みしめる。

意識が性器に逸《そ》れた隙に、レナートにスーツを脱がされだす。抱き起こされ、はだけられたワイシャツも脱がされ、たくし上げられた肌着も奪い取られた。ジェラルドの巧みな手淫に、春彦は抵抗することもできなかった。

上半身が晒《さら》されると、ジェラルドが立ち上がる。やっと性器からジェラルドが離れ、春彦はほっと息を吐き出した。だが、散々あおられた下肢が、じんじんと疼《うず》いている。春彦は泣きそうだった。

立ち上がったジェラルドが、今度は春彦の背後に回る。レナートに代わってジェラルドが、春彦を背後から抱きしめてきた。

「次は下だ、春彦。レナートに全部脱がせてもらえ」

「そん、な……やめ……いやだ……っ」

恥ずかしい状態になった下肢を、二人の男の前に晒すなんてとてもできない。ましてや、春彦を嬲る気のジェラルドはともかく、冷静なレナートに見られるのはいやだった。

暴れようとした足を、レナートに摑まれる。抱きしめたジェラルドが、背後からゆったりと淡い色をした乳輪を指で辿り始めた。

「あ……」

時々、指先が乳首をかすめる。そのたびに、春彦の身体がびくりと跳ねた。

「逆らわれることに慣れていないと言っただろう？　可哀想だが、お仕置きだ」

そっと乳首を摘まれ、指先で撫でられた。それから、その指がゆっくりと肌を伝い下りていく。

「あ……や……め……。いやだ……ぁっ、っ！」

レナートが春彦の下着を押し下げ、昂《たかぶ》った性器を取り出す。空気に晒された性器を、ジェラルドの指がやさしく包んだ。

「あ……あぁ、っ！　いやだ……やぁあ、っ」

レナートが春彦の下肢を剝き出しにしていく目の前で、ジェラルドが春彦の花芯に悪戯する。やさしく扱かれ、先端を撫でられながら、春彦は靴《くつ》を脱がされ、靴下も取られた。そっと下肢を持ち上げられながら、ズボンを脱がされる。そして、下着を抜き取られた。スーツの男たちの前で、春彦だけ全裸にされる。しかも、ジェラルドにあおられて、花芯が恥ずかしく昂っている。

勃ち上がった花芯からジェラルドの手が離れ、背後から膝裏を持ち上げられた。レナートに向けて、春彦は下肢を大きく開く格好にさせられる。

「やだ……っ！」

「黙るんだ、春彦。いやだと言うたびに、もっと恥ずかしいことをしてあげるよ？」

「いやだ……や……」

ジェラルドがなにを言いたいのかわからず、春彦はいやいやと首を振った。こんな恥ずかしいこと、とても耐えられなかった。背後のジェラルドがくすくすと笑う。

「ほら、また言った。もうひとつ、お仕置きだ。レナート、春彦の準備を」

「かしこまりました」

ジェラルドの指示に、春彦の下肢にひざまずいていたレナートが立ち上がる。なにをされるのか、予想もつかない春彦の眼差しが怯えてさまよう。

「な、に……お、お仕置きって……」

ジェラルドのキスが、春彦の頬に落ちる。音を立ててキスをして、ジェラルドが説明してきた。

「いやだと言ったお仕置きだ。わたしの接待ができるよう、春彦の後ろをレナートに慣らしてもらう」

「う、後ろ……？」

なにを指しているのか、春彦にはぴんとこない。戸惑う春彦に、ジェラルドは満足そうだ。喉の奥で笑って、楽しそうに教えてくる。

「ひとつに繋《つな》がらなかったら、セックスとは言えないだろう？」

膝裏を持ち上げていた片方の手を滑《すべ》らせ、ジェラルドが春彦の花芯を撫で、それからその奥に指を這わせていく。触れられた部分に、春彦は竦み上がった。そこは、男とそんなことをする器官ではない。性交に使う場所ではない。怯える春彦の耳朶《じだ》を、ジェラルドが甘く嚙んだ。

「ここで、わたしを悦《よろこ》ばせるんだ。上手に接待ができるように、レナートがちゃんと準備してくれる」

「そ、そんな……や……」

いやだと言おうとした春彦に、ジェラルドが耳朶を舐めるようにして囁く。

「またいやだと言うのか？　もっと恥ずかしいお仕置きをしてもらいたいんだな。いやらしい子だ」

「そんな……そんな……」

春彦はがくがくと首を振り、背後のジェラルドを振り仰いだ。笑っているのに傲然《ごうぜん》とした眼差しに、春彦は言葉を失った。

お仕置きなのだ。春彦がいやだと言えば、ジェラルドはもっと恥ずかしいことを春彦に強《し》いる。いやだとひとつ口にするごとに、ジェラルドの辱《はずかし》めは続けられるのだ。

唇を震わせる春彦に、ジェラルドが続けて命じる。

「春彦、わたしは少し疲れてしまったから、自分で足を開いていなさい。できるね？　ちゃんとできたら、準備が済んだあとはレナートを下がらせてやる。わたしに抱かれている恥ずかしい格好は、レナートには見せない。どうする、春彦？」

「あ……そん……な……そんなこと……」

春彦はいやだと言いたかった。接待なんてする気はない。今すぐこの部屋から出て、帰りたかった。だが、いやだと言って、逃げられるだろうか。レナートがいないチャンスを利用して逃げ出せたとしても、春彦は裸だ。脱がされたスーツを持って出なければ逃げられない。そんなことをしていたら、ジェラルドにすぐ捕らえられてしまうだろう。

——逃げられない……。

いやだと言えば、ジェラルドはもっとむごい罰を春彦に与える。男に抱かれるだけでも耐えられないのに、それを第三者に見られるなんて絶対に無理だ。

春彦はぎゅっと目を瞑った。今はもう、レナートに見られるのだけはいやだった。

春彦の覚悟を見て取ったのか、ジェラルドの手が離れる。それでも春彦は足を開いたまま、じっとしていた。ジェラルドが春彦の前に回る。じっと観察し、さらに春彦に命じてきた。

「その格好だと少しやりにくそうだ。春彦、腰の下にクッションを敷《し》こう。さあ、腰を上げて」

ソファからクッションをひとつ手に取り、ジェラルドが春彦の下に入れようとする。そんなことをしたら、恥ずかしいところを全部見られてしまう。ジェラルドを悦ばせるという後ろも、全部だ。

だが、いやだとは言えない。春彦は唇を噛みしめ、ソファに手をついて下肢をそろそろと上げた。

「いい子だ。どうしたらいいか、ちゃんとわかってきたな」

「ふ……く……ぅ、ぅ」

腰の下にクッションを入れられ、下肢を突き出すような格好にさせられる。裸にされた上にこんな辱めを受け、春彦の目尻に涙が滲んだ。どうしてこんな目に自分が遭《あ》わなくてはならないのか。なんでこんな接待をさせられるのか。春彦は自分の心と折り合いをつけることができない。しかし、いやだと言えばもっとひどいことをされてしまう。

羞恥《しゅうち》に叫び出したくなるのをこらえ、春彦は吐息を震わせて身体を強張らせていた。

そのうちにレナートが戻ってきて、春彦の足の間にひざまずいた。

目を瞑り、唇を嚙みしめる春彦の耳に、なにかゴムのような音が聞こえた。レナートがゴム手袋を嵌めているらしい。音から、手術で使うようなぴったりとしたものだと想像できる。

ひんやりとしたゴムの感触が、春彦の下肢に触れた。そっと襞《ひだ》を撫でられ、春彦はぽろぽろと泣き出した。しかし、懸命に我慢して、いやだと口にすることをこらえた。

「春彦、いやか？」

いきなり、背後からジェラルドが訊いてきた。いつの間にか、後ろに回っていたらしい。

春彦は目を閉じたまま、何度も頷いた。口を開いたら、泣き声が出てしまいそうだ。

ジェラルドが押し包むように、春彦の頰に触れてくる。囁きが、耳朶に触れた。

「目を開けるんだ」

「……っ」

背後にはジェラルド、前方にはレナートで、どうして目が開けられるだろう。裸で、恥ずかしい格好をしているのは春彦だけなのだ。

だが、逆らえばお仕置きだった。春彦はしゃくり上げながら、目を開いた。

「あ……っ」

レナートが相変わらず表情を変えないまま、春彦の下肢でひざまずいている。その指が春彦の後孔に触れていた。見聞するように触れ、離れると、今度はなにかクリームを指に取ってまた戻ってくる。

ひんやりとしたクリームが、春彦の後孔に塗《ぬ》られた。襞にクリームが塗り込められ、そっと後孔に指先が入ってくる。

「んっ……ぅ、ふ」

いやだと言わないよう、春彦は必死で唇を噛んだ。いやだと言ったら、ジェラルドに抱かれるところまでレナートに見られてしまう。

医者が診察をするように淡々と、レナートが春彦の後孔にクリームを塗り込めていく。

背後にいるジェラルドが、春彦の花芯を握ってきた。

「あっ……んぅ」

とっさに拒絶しようとした声を、春彦はすんででこらえる。ぶるぶると身体を震わせる春彦に、ジェラルドが含み笑う声が聞こえた。

「よくできたな、春彦。そうやっておとなしくしているんだ。そうしたら、わたしはいつでもやさしい男でいられる。——レナート、もういい。下がっていろ」

後孔に触れていたレナートの指がすぐに離れる。そのまま無言で立ち上がり、一礼すると、ジェラルドの命令どおり、レナートは室内を立ち去った。

準備はこれでいいのだろうか。戸惑う春彦を、前に回ってきたジェラルドが抱き上げる。

「初めての春彦にソファはきつすぎる。ベッドに連れて行ってやろう」

そのまま、すぐ隣の寝室に運ばれた。

「可愛いな、春彦」

ベッドにやさしく下ろされ、口づけられる。唇を吸い上げられ、すぐに口内に舌が入り込んでくる。

「ん……ん、ふ……ぅ」

口蓋を舐め上げられ、背筋がぞくりとした。舌と舌が絡まり合い、深く吸われると、頭の中がぼうっとしてきた。

角度を変えてキスしながら、ジェラルドの指が春彦の胸を這う。ぷくりと勃ち上がった乳首を、指の先でやわやわと転がされた。鈍い痺《しび》れが全身に広がる。

ここには誰もいない。ジェラルドと春彦だけだ。他に春彦の痴態《ちたい》を見る者は誰もいなかった。

「ん……ふ……んぅ……ぁ」

小さな音を立てて唇が離れる。それを春彦は、ぼんやりと見つめていた。日が翳《かげ》ってきたのか、室内は薄暗くなっている。それも春彦を安心させる材料になっていた。

――いやだと言わなければ、ひどいことはされない。

お仕置きのあとのやさしさに、春彦の心は鈍く麻痺《まひ》している。

逃げようともせずベッドに横たわっている春彦を、ジェラルドが満足気に見下ろしていた。

――本当に可愛い子だ。

ぎしりとベッドを軋《きし》ませ、ジェラルドは一旦ベッドから下りた。横たわる春彦の裸は二十三歳の青年のものとは思えぬほど瑞々《みずみず》しく、少年のように華奢だった。もっともそれは、アジア系の特性でもある。うっすらと下肢に生えた草叢《くさむら》も申し訳程度の薄さで、ますます春彦を年齢より若く見せた。

レナートの前で嬲られて、泣き出してしまった春彦を思い起こす。そんな幼い反応をジェラルドは初めて見た。ジェラルドの情人はいつでも、ジェラルドと共にセックスを楽しむ人間ばかりだ。抱き合うことはスポーツの一種でもあった。それをこんなにも恥ずかしがり、いやがる相手は初めてだ。

ジェラルドは春彦を見下ろしながら、スーツを脱ぎ捨てていく。すでにジェラルドの前は張り詰めていた。こんなにあおられたのも、春彦が初めてだった。

すべてを脱ぎ捨て、再びベッドに上がると、春彦が小さく息を呑む。口づけにとろりとしていた眼差しは、束の間の休息に理性を取り戻してしまったらしい。

だが、春彦はもう、ジェラルドのいい子だった。レッスンの成果で、おとなしくジェラルドの訪《おとな》いを待っている。足を開かせても逆らわない。ただその目が、人形のように天井を見つめているのが気になった。春彦は、なにがそんなに気に入らないというのだろう。

開かせた膝を立たせながら、ジェラルドは内心首を捻《ひね》った。ジェラルドが求めれば誰だって喜んで身体を投げ出すというのに、なぜこの日本人の青年が拒《こば》むのか理解できない。女性ならばまだわかる。処女性を大事にする女性は存在するだろうし、気をつけていても万が一の妊娠のリスクもある。

しかし、春彦は男だ。セックスに対して、女性ほどのタブーなどない。ジェラルドに抱かれることを素直に楽しめばいいのだ。おまけに、これは春彦にとっても悪い取り引きではない。本社の大事な契約に春彦が力を尽くしたとなれば、この先、春彦の前途は明るいだろう。身体で遊んでそのまま捨てるなどという無粋な真似《まね》は、ジェラルドはしない。

なにも心配することなどないのだ。それなのに、なぜ春彦は不本意そうな顔をしているのだ。

せっかく浮かんだ疑問を、ジェラルドは深く追求しなかった。なぜなら、ソファでの愛撫に硬く勃ち上がった春彦の性器を握ると、春彦が甘く呻《うめ》いたからだ。

「ぁ……ん、ぅ」

悔しそうに、春彦は唇を嚙みしめる。だが、身体は確実に、ジェラルドの愛撫に反応していた。

——すぐに気持ちよくなる。

そうしたら、春彦の機嫌も直るだろう。男同士の行為を純粋に楽しめばいいのだ。

ジェラルドは春彦の胸に唇を落とし、その身体を味わいだした。

「あ、あ、あっ……あぁぁぁっ！」

また、何度目かの吐精を春彦は強いられた。下半身が、気だるく重い。息は荒く、心臓が激しく鼓動していた。それなのに、その鼓動が治まるのを待たず、ジェラルドが春彦に触れる。今度は、口で。

「あっっ……なにを…っ…汚っいぃぁぁぁ」

春彦は悲鳴を上げ、仰け反った。そんなところに口で触れられるのが、信じられなかった。しかもそれをしているのが、ハートリー・グループの総帥ジェラルド・ハートリーなのだ。

抱かれることには覚悟を決めていたが、そこに至るまでにこんなことをされるなんて、春彦は予想もしていなかった。

他人の手で扱かれるのも想像以上の気持ちよさだったが、口での愛撫はそれ以上だ。温かな口腔の粘膜が春彦の若い果実を包み、さらに少しざらついた舌が、口に含んだ幹をじんわりと舐める。窄《すぼ》めた唇に上から下、下から上と扱かれると、もうそれだけで蕩《とろ》けてしまいそうな快感が春彦を襲った。

「あ……い……ぁ、あぁ、っ」

あっという間に、春彦は上り詰めた。しかし、根元を縛《いまし》められる。

「……ひっ……！　……どうし、て、そんな……あぁ」

潤《うる》んだ目で、春彦は思わず抗議をする。こんないやらしい自分を認めたくないのに、散々あおられた身体はジェラルドの与える甘い悦楽を求めていた。

——こんなこと……。

しかし、止められない。快楽でトロトロに蕩けた春彦の様子に、ジェラルドは満足そうだ。

「そろそろ、わたしも楽しませてもらおうか」

「な…に……？」

腰に枕《まくら》をあてがわれた。そのせいで浮き上がった下肢を、ジェラルドが凝視《ぎょうし》している。ジェラルドの視線の下で、可憐な蕾《つぼみ》が息づいていた。さっきソファで少しだけレナートにいじられたそこは、慎《つつ》ましやかに窄まっている。清純な襞に塗られたクリームのぬめりが、なんともいえずに淫《みだ》らだった。

「……ひっ……っ」

指が、蕾に触れた。いよいよなのだ。ジェラルドに抱かれることに、春彦は怯えた。

ジェラルドは、散々搾り出した春彦の精で濡れた指で、未開の蕾を撫でている。やさしくそこを刺激され続け、執拗な指をいやがるように蕾が口を開きだす。

ジェラルドが目を細め、そこに指の先をそっと含ませてきた。

「……んんっ……ぁ……い」

いやだと言いそうになった口を、春彦は慌てて閉ざす。さっきやられたお仕置きの恥ずかしさを、春彦はちゃんと覚えていた。あんな辱めはもういやだ。

指がゆっくりと、内部に挿入されていく。不快感に、春彦は眉をひそめた。しかし、根元まで挿入されると、蕾の口がジェラルドの指に吸いつく音が聞こえる。

自分の身体がなにをしているのか、春彦はわからなかった。

「いい具合だ。これなら十分に楽しめそうだな」

ジェラルドが満足そうに笑みを刻む。中に納まった指の腹で、春彦の内部を撫でていた。爪を立てないようにやさしく触れる動きに、春彦の身体の中から妖《あや》しい情動が生じる。

「んっ、んっ……これ……なに、あぁんんっ……!」

執拗《しつよう》に内部をまさぐられ、春彦は高い声で喘《あえ》いだ。こんなところに指を挿れられ、どうしてこんな気持ちになってしまうのかわからなかった。

不快感でいっぱいのはずなのに、それだけではないなにかが、春彦を喘がせる。

中をくじかれ蕩けだした入り口に、ジェラルドが二本目の指を挿入した。蕾は、くちゅと音を立てて指を呑み込む。ジェラルドの喉が鳴った。

「はぁ…はぁ……あぁ、うっ…」

荒く息をつきながら、瞳を潤ませジェラルドを見上げる春彦に、ジェラルドの雄が大きく反り返ることで興奮を表した。

ジェラルドが乾いた唇を舌で舐める。そうしてわざと興奮しきった怒張を春彦に見せつけてきた。

「……ひっっ……っ！」

自分とはあまりに違いすぎる逞しい雄に、春彦は息を呑む。体格の違いもさることながら、雄の形状の差に怯えが走った。恐ろしいほどの長さと太さだ。それが、先端からタラタラと蜜を零《こぼ》している。見るとジェラルドの茂みが、蜜のせいでぐっしょりと濡れそぼっていた。

――な、なんで……。

春彦はなにもしていないのに、ジェラルドの雄が昂っている理由がわからない。さっきから喘がされているのは春彦なのに、ジェラルドの雄が昂っている理由がわからない。

春彦の体内から、指が引き抜かれた。ジェラルドの形状の変化はどういうことなのだ。

驚愕《きょうがく》している春彦に、ジェラルドが低く笑う。笑いながら、自身の雄を軽く扱く。十分逞しく思えた雄芯が、それでまたどくりと膨れるのが見えた。

「わかるだろう？　ここが春彦を欲しがっている」

「……ぁ」

膝裏に手がかかり、身体を押し開かれた。蕩かされた後孔が、男の眼下に晒される。

「ジェ、ラルド……」

「さあ、春彦、約束どおり接待してもらうよ。春彦のここで」

ジェラルドの濡れた先端が、春彦の蕾にあてがわれた。

「あ……や、いやだ……無理……っ」

そんな雄大なものが、自分の中に入るとはとても思えなかった。ジェラルドがくすりと笑う。

「今のいやだは、処女らしい怯えと解釈しておこう。特別だよ、春彦」

「やだ……っ、無理……無理だから……やめっ……！」

お仕置きで辱められる羞恥よりも、恐怖のほうがはるかに大きく春彦を襲った。しゃにむに逃げようと身じろぐが、しっかりと足を捕らえられていて逃げられない。

ぐちゅ――。

粘着音が、春彦の耳にまで聞こえた。そして……。

「あ……あああぁぁぁぁぁ――……っっっ……っ！」

秘められた蕾が、ジェラルドの凶器で散らされる。春彦は文字どおり、ジェラルドに犯された。

目の前が真っ赤に染まり、引き裂かれる痛みに全身を支配される。春彦の喉は恐ろしい悲鳴を上げていた。しかし、それも当の春彦には聞こえていない。準備を施されたとはいえ、未通の蕾に初めて男を含み込まされているのだ。

信じがたい痛みが春彦を襲っていた。長い時間をかけて、最奥までジェラルドが侵入してくる。

根元まで納めきって、ジェラルドが満足の吐息をつく。春彦は、半ば自失したようにぐったりとしていた。痛みと、ジェラルドの雄の生々しい重量感に圧倒されている。

ジェラルドの指が蕾の縁を指で辿る。限界まで開かれた蕾は準備のせいか、切れてはいなかった。

「……春彦」

無事を確認して、ジェラルドが春彦に口づける。やさしく名前を呼ばれ、春彦は重い瞼《まぶた》を開いた。

「あ……あぁ……」

ひどく息が苦しかった。どくどくと身体が脈打っている。特に、ジェラルドを咥《くわ》え込まされている下肢がひどい。春彦の目に、見る見るうちに涙が盛り上がると、零れ落ちた。

「痛、い……」

まるでジェラルドに頼るような、甘えた声だった。痛いことをしているのはジェラルドなのに、訴える相手も、慈悲《じひ》を請《こ》う相手もジェラルドしかいない。

「すぐによくなる」

ジェラルドが春彦の頬を撫でる。

「嘘……」

この痛みを和《やわ》らげるには、ジェラルドに雄を抜いてもらうしかない。よくなるはずがなかった。

しかし怒張を抜く代わりに、痛みに萎《な》えかけた果実をジェラルドが握ってくる。

信じられないことに、それだけで腰にじんと痺れが走った。さらに先端を親指の腹で悪戯されると、春彦の唇から甘い喘ぎが零れ落ちる。

「嘘……あ、あ……嘘……なんで……あ、あぁ」

嬲られた果実が熱くしなりだすと、蕾を犯すジェラルドの怒張が動き出す。ゆっくりと肛壁を犯しながら、引き出される。内臓ごと持っていかれそうな動きに、春彦の下肢に鳥肌が立った。

「やだ、や……あぁぁ、うぁ……っ」

ぎりぎりまで引き抜かれた肉棒が、再びゆっくりと侵入を始める。閉じかけた内壁を、凶器で開かれながら犯された。しかし、二度目は、痛みだけではないなにかが、春彦の快楽の果実を震わせる。

とろりと蜜を零し始めた果実に頬を綻ばせながら、ジェラルドはまた怒張を引き抜き春彦を犯した。

「あああぁ、だめ……やめ、んぅっ……」

「嘘をつけ。春彦のこれも、嬉しそうに硬くなっているじゃないか。気持ちいいだろう？」

「いやだ……違う……あ、やぁ……っ」

少しずつ、少しずつ、春彦の中を行き来する雄の動きが速くなっていく。太く、長いもので最奥まで抉《えぐ》られ、指と腹で可憐な果実を嬲られる。痛みと同じくらいの快《こころよ》さに、春彦は犯され始めた。

「ジェラルド……んぅっ、あ、あ……いやだ」

深くまで雄が入り込む。紅く色づいて勃ち上がった胸の実を、口に含まれた。舌に乳首を転がされ、春彦は仰け反り、後孔のジェラルドを締めつける。

春彦の反応に、ジェラルドが含み笑う声が聞こえてくる。

「いやだと言う子には、お仕置きだ」

「いやぁあっ……！」

つん、と怒張の先端で最奥を突かれる。同時に乳首を吸い上げられ、春彦は悲鳴交じりの嬌声を上げた。脳髄まで、快楽に犯される。

「……ジェラルド、あ、やめ……やめて……いや、ぁぁ」

肛壁が震え、男根に絡みつくのがわかった。こんなのは自分ではない。自分の身体ではない。

「春彦、日本にいる間、わたしを接待するのが君の仕事だ。いやだと言うのは許さない」

「ああっ……、やぁぁぁぁ――……っっ！」

激しく抽挿され、最奥を突き上げられる。その衝撃で、春彦の果実から蜜が飛び散った。

ひくんと強張り弛緩した身体を、ジェラルドにやさしく抱きしめられる。

「可愛い、春彦。いっぱい気持ちがよかっただろう？　ほら」

ジェラルドの指が飛び散った蜜を拭い取り、春彦の唇に触れてきた。

「……ぁ、そんな……」

「わたしに抱かれて達した蜜だ。舐めるんだ、春彦」

恐ろしい目が、春彦に命じていた。お仕置きをしてもいいのかと、ジェラルドの目は言っている。

震える唇を、春彦は開いた。自身の白濁のついた指を口に咥え、舐める。

「――いい子だ」

指を口に咥える春彦の頬を、ジェラルドが撫でる。恐怖を感じさせるやさしい仕草だった。

――逆らったらだめだ……だめだ……。

そのことしか、春彦は考えられなかった。再び足を押し広げられ、深みまで怒張が入り込んでくる。

「動くぞ」

「……はい」

支配者の命令に、春彦は頷くしかなかった。

深々と突き刺さった怒張が動き出す。熱い凶器で蕩けた内壁を擦られ、春彦はそこからもたらされる信じがたい法悦《ほうえつ》に悲鳴を上げた。痛みと、それを上回る悦楽に頭がどうかなりそうだった。

果実が震え、また硬くなり、先走りの蜜を飛ばす。感じ出した春彦の紅く腫れて勃ち上がる胸の実をジェラルドが指で嬲り、時折深く突き入れた腰を回して、春彦を惑乱させてくる。

「あ、いゃ……ジェラ、ルド……いやだ……ぁぁ、っ」

感じてしまう自分が恥ずかしく、禁じられた『いやだ』を口にしてしまう。

「いけない口だ。こんな口は塞いでしまおう」

「ジェ、ラルド……んんぅっ……！」

深く口づけられ、口腔をジェラルドの舌に蹂躙《じゅうりん》される。前も後ろもジェラルドに侵略され、快楽を与えられ、春彦は身悶えし、身を捩った。

と、内部で、ジェラルドが膨れ上がるのを感じ取る。

「あっ……ジェラルド……っ！」

唇が離れ、ジェラルドに足を抱え上げられる。

「……中に出すぞ」

これ以上ないほどに足を開かされ、激しく抽挿された。膨らみきった怒張に肛壁を思い切り抉られ、春彦は嬌声を上げて、ジェラルドを締めつけた。そこを強引に開かれ、侵入される。春彦の果実が絶頂の予感を示し、ぷるぷると震えた。

それを、ジェラルドに握られる。吐精を塞《せ》き止められ、春彦の中が自分を犯す男根を食い締めた。

「くっ……」

きつい責め苦に、ジェラルドが呻く。絡みつく肛壁が妖しく蠢き、蠕動《ぜんどう》しながらジェラルドを食い締める。先端が、春彦の中でどくりと膨らんだ。

「春彦、最高だ……く」

ジェラルドが思い切り乱暴に、春彦の最奥まで怒張を突き刺した。春彦は、背骨が折れんばかりに仰け反り、悲鳴を上げる。激しい突き上げに、脳髄まで犯された。

「あ、あ、あ、あぁぁぁぁぁぁっっ——……っっ！」

熱い奔流《ほんりゅう》が、奥の奥まで叩きつけられる。勢いよく樹液に体内を犯され、それに押し出されるように春彦の果実からも蜜が迸《ほとばし》った。

こんなに激しい放出を春彦は体験したことがない。それを与えたのが同じ男だというのも忘れ、春彦は全身を震わせた。下肢が揺れ、とろとろと蜜を放つ。それから、ぐったりと弛緩《しかん》した。

気を失った春彦を、ジェラルドが抱きしめていた。その口元には、満足げな微笑が刻まれている。

「——こんなにいいのは久しぶりだ、春彦。もう少し楽しませてもらおう」

聞こえるはずもない耳に囁きかけ、ジェラルドがゆったりと下肢を蠢かせ始める。達したばかりのはずなのに、春彦を抉る怒張はまだ硬度を保っていた。

そのあと気がついてもまだ、春彦はジェラルドに貪られ続ける。甘い陵辱《りょうじょく》の宵《よい》に、春彦は喉がかすれるほど嬌声を搾り取られたのだった。

三

「……ん……ぅ」

頭が鈍く痛んだ。いいや、頭だけではない。全身が軋むように痛みを発していた。

まるで筋肉痛のような——。

そう思いかけ、ぼんやりしていた頭がはっと覚醒《かくせい》する。

「僕……つ、っ」

起き上がろうとした身体がひどく痛む。全身が気だるく、自分の身体でないように重かった。

そうだ。昨日、春彦は男に抱かれたのだ。まさか自分の初めての行為が、同性相手のものになるとは夢にも思っていなかった。男に……。

視界がぼやけ、春彦は手で口を押さえた。そうしないと嗚咽《おえつ》が洩れそうだった。

ふかふかのベッドは春彦の自宅のものよりはるかに寝心地がよかったが、居心地のほうは最悪だった。こんなところにはもう一時《いっとき》だっていたくない。早く家に帰りたかった。

「く……っ、ぅ」

春彦は痛む身体をなだめすかし、なんとかベッドから起き上がった。上体を起こすだけで息が上がる。幸い、パジャマだけは着せてくれたようで、全裸ではない。春彦はほっとした。

しかしほっとしてから、誰がここまでの始末をつけてくれたのだろうかと思い立ち、顔色が青褪める。ジェラルドに激しく抱かれて、途中からの記憶がない。パジャマの中の身体は清潔で、さらりと声が震えた。ジェラルドに抱かれ、恥ずかしい声を上げた春彦は春彦ではない。あれは、あってはならない。

「違う。あんなのは僕じゃない」

男に抱かれてあんな……。

ジェラルドに抱かれた時間を思い出し、春彦は慌てて首を振る。あんな感覚は忘れてしまわなくてはならない。男に抱かれてあんな……。

あの熱い凶器——。

腰を浮かせようとしたが果たせず、床に倒れた。足が萎えたように、力が入らなかった。

「つく……。なんで……」

疼痛《とうつう》が腰から広がる。腰だけではない。ジェラルドを咥え込まされた後孔も、まだなにか食《は》んでいるような鈍い感覚があった。

涙の塊《かたまり》を呑み込み、春彦はベッドから立ち上がろうとした。その足が、無様に震える。

涙が滲み、春彦はそれをぐいと拭った。泣くのは、家に帰ってからだ。今はとにかく、こんな忌《い》まわしい場所から早く立ち去り、家に帰るべきだった。心と身体に刻まれた傷のことを考えるのはそれからだ。

悔しくてたまらなかった。しかも、あんな傲慢《ごうまん》な男に。

そう思うと、いっそう悔しさが募った。もしかしたら事後の身体の始末は、あのレナートがしたのかもしれない。

春彦は吐き捨てた。佐々山に騙され、本社のために身体を好きに使われたのが

「……ちくしょう」

した感触があったから、風呂に入れるなり、身体を拭くなり、誰かがそれをしたはずだ。

ならない時間だ。

「か、帰らないと……」

家に帰りさえすれば、全部夢に消える。あんなことはもう二度とない。

しかし、小さくノックの音が聞こえ、寝室のドアが開かれた。春彦はびくりと肩を揺らした。ジェラルドだったらどうしたらいいのだろう。恐怖に目が見開かれる。

入ってきたのはジェラルドではなかった。カーテンが引かれていてまだ暗い室内に、レナートが灯《あか》りを点けて入ってきた。銀色の髪を丁寧に撫でつけ、整った容貌には相変わらず表情らしきものがない。暗い色のスーツが、レナートをよりいっそう作り物のように見せる効果を上げていた。あらためて見ると、レナートがまだ若い男なのがわかる。外国人であることを計算に入れると、せいぜい三十歳前後ほどだろうか。もしかしたら、ジェラルドとあまり年齢が変わらないのかもしれない。

レナートは、腕に茶器を載せたトレーを持っている。

「お目覚めのご様子でしたので、お茶をお持ちいたしました。具合がよろしいようでしたら、お食事もご用意いたしますが、いかがいたしますか」

簡単にそれだけを言うと、レナートはベッドの側の小テーブルにトレーを置き、床にへたり込んでいる春彦に屈み込む。いやだと言う間もなく抱き上げられ、ベッドに戻された。ベッドの上で半身を起こす形に座らされ、トレーから注いだ紅茶を差し出される。

立ち上《のぼ》る芳香は、ささくれだった春彦の気分を鎮《しず》める柔らかさがあった。だが、こんなものを飲んでいる場合ではない。

「——家に帰ります」

差し出された紅茶を受け取ることを拒み、春彦は押し殺した声で言った。レナートはなんの反応も示さない。

「紅茶がお嫌いでしたら、コーヒーをお持ちいたしますか？」

淡々と、自分の職務を果たす言葉を口にする。春彦はかっとなった。自分の言ったことが聞こえなかったのか。

「僕は、家に帰るって言ったんです！　こんなものはいりません。どいてください！」

レナートを押しのけ、春彦はベッドを下りようとした。しかし、身体が震え、下肢に力が入らない。

「ジェラルド様がお戻りになられるまで、お身体を休めたほうがよろしいかと存じます、春彦様」

「なに言ってるんだよ。戻るまでだって……？」

レナートの言葉に、春彦は愕然《がくぜん》と銀髪の男を見上げた。彼の言っていることが理解不能だった。

「なんであんな男が帰るのを待たないといけないんだ。もう用は済んだだろう。散々あいつの好きなようにさせたじゃないか。接待はもう終わりだ。十分だろう！」

これ以上、一分だってこんな場所にいたくなかった。

しかし、レナートにそれを止められる。軽く制止されているだけなのに、昨夜の蛮行《ばんこう》からまだ回復していない春彦の身体は、レナートに抵抗できない。

「ジェラルド様のお許しもなく、お帰しするわけにはまいりません」

「放せ！　いやだ！」

自分を押さえる腕を春彦は叩いて抗議したが、レナートはびくともしない。それどころかため息をつき、恐ろしいことを口にした。

「あまりに我《わ》が儘《まま》を申されますと、ジェラルド様からお仕置きをされますよ。よろしいのですか？」

「お仕置きって……だって、あんなの……。もう十分接待したじゃないか」

昨日、レナートに服を脱がされたことや、昂った性器を見られながら後孔に触れられたことが脳裏に蘇《よみがえ》る。あんな恥辱《ちじょく》は一度でたくさんだった。それに、春彦の接待は昨夜限りのはずだ。春彦はそういう商売の人間ではないのだし、第一会社もある。佐々山にも、ずっとだなんて言われていない。

春彦ははっとした。そうだ、会社だ。昨日の今日で無断欠勤をしているのではないか。

「……今、何時」

「十二時半でございます」

「それって……お昼の？」

「さようでございます」

答えて、レナートがボタンを操作し、カーテンを引く。遮光《しゃこう》カーテンによって完璧に光を遮られていた室内に、真昼の日差しが差し込んできた。それから灯りを消して、春彦に振り返る。

「ジェラルド様がお許しになるまで、春彦様にはこちらに滞在していただきます。お世話はわたくしがいたしますので、なんなりとお申しつけください。申し遅れましたが、わたくしはレナート・ハウと申します。ジェラルド様の私的なお世話をいたしております」

そう言って、軽く頭を下げる。

「それでは、お食事をお持ちいたします」

踵《きびす》を返し、レナートが寝室を出て行く。

「レナート、待って！　会社に電話を……！」

電話をかけないと、春彦は無断欠勤扱いになってしまう。せっかく希望どおりに地元で就職できたのだ。小久保精機での職を、春彦は失いたくなかった。

しかし、電話は許されることなく、春彦は寝室に半ば監禁されるように閉じ込められた。


経団連の会長との会食を済ませ、ジェラルドは車に乗り込んだ。車内で、秘書のクロード・ナッシュに早速問いかける。

『小久保電器産業の動きはどうだ？』

『はい。取締役会に我が社の役員を入れるという条件で、だいぶ揉めているようです。この分では、野田製作所のほうがこちらにとっては都合がいいかもしれません』

ダークブラウンの髪のナッシュは、大学時代アメフトをやっていたこともあり、筋肉の盛り上がった強靭な身体をしている。オーダーでなければ合うスーツがないと、よくぼやいていた。しかし、頭の中まで筋肉でできているわけではない。見た目に反して、細かいところまでよく気のつく男だった。

今回の提携も、一見野田製作所を推《お》しながら、ジェラルドの真意が小久保電器産業にあることをしっかりと見抜いている。

『佐々山はどう動いている』

訊ねると、どこから情報を得ているのか、その日一日の佐々山の動きを知らせてきた。

『部下に役員の説得を行《おこな》わせ、自分は自社の大株主に会いに行ったようです』

『大株主というと、小久保家の人間か』

小久保電器産業は、創業者一族の小久保家が株式の二十五％近くを握っている。経営にはもはや参入していないが、筆頭株主の小久保家の意向はいざという時、大きな力を発揮するはずだ。佐々山はすでに役員の説得を諦め、大株主である小久保家の意向を取り付けようとしているのだろう。

ジェラルドは膝を数回、指先で叩いて口を開いた。

『それでは、次に佐々山から打診が来た時には、ハートリー・コーポレーションの取締役会に小久保電器産業の人間を一人入れることを考慮してもいいと伝えろ』

『よろしいのですか？』

窺うように視線を送るナッシュに、ジェラルドはゆったりと笑みを浮かべる。

『相互交換で美しいじゃないか。ただし、株式の割り当ては最初に佐々山が言った三千万株、うちから小久保電器産業に渡すのは一千万株。これは譲らない』

『かしこまりました。では、そのようにいたします』

ナッシュが頷く。互いに役員を送り合うのなら、小久保電器産業側でも条件を呑みやすいだろう。小久保家を説得する佐々山への援護にもなる。

『佐々山からの贈り物は、お気に召しましたか』

ナッシュがひそやかに訊いてきた。口元にはやや揶揄《やゆ》するような微笑が刻まれている。ナッシュのそういう生意気なところが、ジェラルドは嫌いではなかった。若くして祖父の跡を継《つ》いだジェラルドには敵も多いが、おもねる者はもっと多い。時にこうしてジェラルドの我が儘をちくりと刺してくれる相手は貴重だった。また、そういう人間でなくては秘書は務まらない。特に、仕事上の秘書は。

ジェラルドは薄く笑う。

『おおいに気に入った。それに、小久保電器産業にはうちにフィードバックできる技術もあるしな』

そうでなくては、春彦をあんな方法で手に入れはしない。春彦を欲しいと口にしたのは、佐々山に対するサインでもあった。身体での接待を求めるなど、ジェラルドにとっても弱みになる。もしも小久保電器ではなく野田製作所のほうと提携を結べば、春彦の存在は佐々山にとってある種の切り札になってしまう。さて、今夜は春彦をどういうふうに鳴かせてやろうか。

男も女も初めてだという春彦の身体はひどく敏感で、ジェラルドを楽しませた。最初はほんの少々ジェラルドをてこずらせたが、十分可愛がってやったから、今夜は昨夜以上に従順にジェラルドを楽しませてくれるだろう。身体の奥深くまで男を挿入されて、泣きながら喘いだ春彦の痴態はまた格別だった。他人と身体を繋げる遊びを、あれほど恥ずかしがる人間は初めてだ。スポーツとして楽しめばいいのに、可愛らしいことだった。

だが、それがあれほどジェラルドを感じ入らせるとは、ジェラルド自身にとっても意外であった。しばらくは、あれで楽しめそうだ。ジェラルドは低く笑いを洩らした。

満足げなジェラルドに、ナッシュが首を振っている。女性にしか食指が動かないナッシュにしてみれば、どちらもいけるジェラルドが不思議でならないのだろう。

――わざわざ日本まで来た甲斐があったな。

春彦との情事は、ジェラルドに新鮮な刺激を与えてくれそうだ。

日本出張は、公私共にいい旅になりそうだった。


鍵のかかった寝室で、春彦は膝を抱えていた。電話をかけようにも、寝室から電話は取り除《のぞ》かれている。鍵をかけられた部屋に閉じ込められ、春彦の怯えは日差しが落ちるのと共に深まっていった。

また今夜も、ジェラルドに抱かれるのだろうか。

帰ることを許さないのだから、きっとそうだ。また今夜も、ジェラルドに陵辱されるのだ。

鼻の奥がつんと痛んだ。涙が出そうになるのを、歯を食いしばってこらえる。泣いたところでどうにもならないのに、めそめそ泣いている場合ではなかった。

食事を二度、おやつを一度運ばれたが、手をつける気になれない。昨日の昼に食べたのが最後の食事だったが、あれから一昼夜経《た》っているのに、春彦は空腹を感じなかった。それより、恐怖のほうが強い。自分がどうなるのかわからないから、空腹などとても感じている余裕などなかった。

いつジェラルドが帰ってくるのか気にかかり、春彦は七時を過ぎたくらいからドアに耳を押しつけて隣の様子を窺っていた。また抱かれるのかもしれないが、その前になんとかして、明日には家に帰してもらえるよう頼まなくてはならない。これ以上、日常から離れるのはいやだった。

九時近くになり、物音が聞こえた。春彦の肩がびくりと上がる。ジェラルドが帰ってきたのだ。ふらふらと立ち上がり、室内を落ち着きなく見回す。逃げ出したくてたまらなかった。呼吸が苦しくなり胸を押さえていると、ドアノブが回りだした。

春彦は思わず、ベッドの陰に身を縮めた。

「なにをしているんだ、春彦」

ベッド脇から顔だけ覗かせている春彦に、入ってきたジェラルドが苦笑している。仕立てのよいスーツを身につけているジェラルドは、相変わらず腹が立つほどに魅力的だった。女性であれば、彼に誘われて拒める人間はそういないだろう。しかし、春彦は女性ではなく、男だった。

「家に……帰してください」

息を喘がせながら、なんとか口にする。腕を組んで見下ろしてくるジェラルドの威圧感に、春彦は呼吸をするのも苦しかった。

「家に？」

ジェラルドの眉が上がる。面白がるような、揶揄《やゆ》するような顔をジェラルドはしていた。この期《ご》に及《およ》んでまだ逆らおうとする春彦を憐《あわ》れむように、鼻を鳴らしている。

数歩でジェラルドは春彦の側まで来ると、しゃがみ込む春彦を見下ろして命じてきた。

「立つんだ、春彦」

「家に……」

帰してほしいと頼みたい。だが、春彦の口は中途で凍《こお》りついていた。傲然と春彦を見据える碧い目が、ひどく恐ろしかった。支配者の眼差しとは対照的に、ジェラルドの口元は笑みを見せている。

「昨日のレッスンを忘れたのかな？　従順におとなしくしていれば、わたしはいつでもやさしい男でいてやると言っただろう。家に帰りたいなどと、そんな我が儘は言わないよな、春彦？」

「我が……我が儘なんかじゃ、ない。僕は……き、昨日ちゃんと、せ、接待した。だから……」

「——春彦」

ジェラルドの声が、一段低くなる。春彦の指が小刻みに震え出した。

——怖い……。

頭がぐらぐらして、今にも気を失ってしまいそうだった。

「わたしはまだ満足していない。それに、日本にいる間、わたしの接待をするのが春彦の仕事だと、昨日言ったよな？　もう忘れてしまったのか。いけない子だ」

「……ひっ」

腕を摑まれ、無理やり立ち上がらされる。顎を取られ、口づけを落とされた。ねっとりと口腔を舐められる。舌を吸われた春彦は、鼻から甘い声を洩らした。角度を変えて吸い上げられるたびに、下肢がじんじんと痺れた。なぜ——。

ジェラルドとの行為なんて望んでいないのに、身体が勝手にキスに感じていく。嫌いな相手なのにどうしてそうなるのか、春彦にはわからなかった。

口づけられながら、ジェラルドの腿《もも》が春彦の果実を撫で上げる。パジャマの上から巧みに擦り上げられ、春彦は鼻にかかった声をこらえられない。

「ん……ん、ふ……ぅ、ん」

下肢が淫らに疼く。昨日、散々搾り取られたはずの花芯がまた硬くなりだしてからようやく、ジェラルドのキスが終わる。

くちゅと音を立てて唇が離れ、二人を繋ぐ銀の唾液をジェラルドが舐める。

春彦はそれを、茫洋《ぼうよう》とした眼差しで見つめていた。支えられていなければ、くずおれそうだ。

たった一晩で自分がどうなってしまったのか、春彦は理解できなかった。

「春彦は、口よりも身体のほうがずっと素直だ。それとも、ひどくしてほしいからわたしに逆らうのかな？　それなら望みどおり、お仕置きをしてやろう」

「や……違う、そうじゃない。僕はこんなこと……」

強い腕に抱き上げられる。

「まずは食事だな。一日食べずにいるなんて、抗議のつもりか？」

「ち、違う……お腹が、減らなくて……は、放して！」

寝室の隣に連れて行かれる。昨日、いやらしいことをされたソファに、春彦は座らされた。正確には、ジェラルドの膝の上だ。

「レナート、日本人向きの、腹にやさしい食事を用意してくれ」

「かしこまりました」

すぐにレナートが別室に下がる。こんな状態で、なにかものが食べられるとはとても思えなかった。

しかし、ジェラルドは上機嫌だ。逆らわれることは嫌いだと言ったのに、お仕置きするのは楽しいらしい。パジャマの上からまた、春彦の花芯に触れてきた。掌で覆うようにして、キスに硬くなりだしている花芯を撫でる。

「……んっ」

ジェラルドの上で、春彦は身を硬くした。感じたくなどなかった。だが、布地の上からとはいえ掌で刺激されると、腿で悪戯された時よりももっと甘く感じる。

時に揉むようにしながら、ジェラルドは春彦の花芯を何度も撫でた。

「食事が届くまで、ここで遊ぼう」

耳朶を含み込むように、ジェラルドが囁く。唇がかすめるのにも、春彦はびくりと身体を縮めた。

「ルールは昨日と同じだ。いやだと言ったら、もっと恥ずかしいお仕置きをする」

「そんな……ぁ、っ」

ゆっくりと撫でていた掌が、花芯を捏ねる動きに変わる。春彦の下肢がひくりと揺れた。

「気持ちがいいか？　さっきより大きくなってきたな。パジャマの中で苦しそうだ」

「ジェラルド……ぁ、や……っ」

いやらしい囁きに、春彦は思わずいやだと口にしてしまう。とたんに、ジェラルドの含み笑う声が耳朶を震わせた。

「お仕置きが欲しいんだな。いやらしい子だ」

一旦、パジャマから掌が離れ、今度は改めて下着の中に差し込まれた。じかに花芯に触れられる。

大きな手が花芯を握り、それからゆったりと、春彦の恥ずかしい器官を扱き出した。

「あ……や、いや……っ」

直接の刺激に下肢が揺れる。淫らな反応に、春彦は耐え切れずまたいやだと口走る。

「本当に君は……。いやらしいことが大好きなんだな」

ジェラルドがくすくすと笑う。腰を浮かされ、下着ごと下肢を剝き出しにされた。中途半端に、膝までしか脱がせてくれない。それがよけいに恥ずかしく、春彦は羞恥に身を硬くした。

しかし、必死で唇を嚙みしめる。反射的にでもいやだと口にすれば、もっとひどいことをジェラルドにされてしまう。いやらしい反応を示す器官を剝き出しにされただけでも恥ずかしいのに、これ以上のことなんてされたくなかった。まだこのあと、レナートが食事を持ってここに来るのだ。

下着から解放され、ぷるんと勃ち上がった性器を、ジェラルドがやさしくあやす。上下に扱かれ、時に括《くび》れの部分を念入りに指で辿られると、春彦から押し殺した喘ぎが洩れる。

「気持ちがいいだろう、春彦。こんなに反り返って……。ああ、蜜が滲んできた」

「あぁ……っ！」

ぬめってきた先端を、親指の腹で撫でられる。湿《しめ》り気を広げるように指の腹で何度も撫でられ、春彦は背筋を仰け反らせた。

やめて、ともう少しで口にしてしまいそうだ。だがそうしたら、次はなにをされるのか恐ろしかった。唇を嚙みしめ、春彦はジェラルドの愛撫を懸命に耐えた。陰囊を揉まれ、泣くような呻きが上がる。それも耐え、湿り気から雫《しずく》に変わった蜜を幹に塗り込められても、全身を震わせながらこらえた。

だが、ジェラルドのもう片方の手がパジャマの下から胸元に上がり、下肢への刺激でつんと勃ち上がった乳首を摘むと、強い衝撃に声が裏返る。

「……ひっ」

摘まれた乳首をくりくりと捏ねられ、花芯からいやらしい水音が聞こえ、春彦は大きく口を開いて呼吸を喘がせた。濡れた先端に爪を立てられる。

「……いやぁぁ、っ……っ」

鋭い快感が背筋を駆け上がり、春彦は高い声で叫んだ。達しそうになった花芯の根元を、ジェラルドがきつく握る。

「失礼します」

レナートが入ってきた。春彦は目を見開き、いやいやと首を振った。パジャマを半ばはだけられ、淫らに花芯を振り立てている春彦は、どれだけいやらしく見えるだろう。そう思うと、レナートの冷静な眼差しが耐えられない。

春彦の前に、レナートが食事の載ったトレーを静かに置いた。載っているのはお粥《かゆ》だった。

「なかなか躾《しつけ》がうまくいかないな、春彦」

頰に、ジェラルドがちゅっとキスをする。そして、レナートに命じる。

「足に絡まっているパジャマを脱がせるんだ、レナート」

「……やっ」

春彦は身じろぐ。恥ずかしいことになっているのは春彦一人で、レナートに下肢から着衣を剝ぎ取られた。開いた足の間では、根元を押さえられた花芯からとろりと蜜が滴《したた》っている。

「もぅ……許して……こんな、ぁぁ」

尖《とが》りきった乳首を、ジェラルドの指で撫でられる。背筋を反り返らせ、春彦は喘いだ。

「レナート、縛るものは用意しておいたか？」

「はい、お持ちいたします」

許してと何度も口にする春彦を無視して、ジェラルドに命じられたレナートが柔らかな紐を持ってくる。着物を着付けるのに使う、絹《きぬ》の腰紐のようだった。

「さあ、春彦。もっと遊びたいが、まずは食事をしてからだ。食事中に蜜を零してしまわないよう、縛っておいてやろうな？」

「そんな……いや、やめて……あぁ、っ」

ジェラルドが花芯をまた扱き出す。そうされながら、レナートが春彦の前にひざまずき、花芯の根元に紐を巻きつけ始めた。柔らかく巻き、達しないよう縛られる。それから、抵抗する春彦の上半身からパジャマが剝ぎ取られる。スーツを着た男たちの中で、また春彦一人が全裸にされた。

「春彦、食事だ。口を開いて」

「できな……あ、あぁ……んんっ」

食事だと言うくせに、ジェラルドは春彦の性器を嬲るのをやめない。性器と、それから乳首を一緒に悪戯され、春彦の目に涙が滲んだ。

「全部食べないとイかせてあげない。口を開け。こんなにぬるぬるになって、苦しいだろう？」

「ひどい……ひどいよ……あ、あぁ」

春彦は呻きながら、震える唇を開いた。ひざまずいたレナートが冷ました粥をひと匙《さじ》、口に入れてくれる。泣きながら、春彦はそれを嚥下《えんか》した。ほとんど白湯《さゆ》に近い粥は、噛まずとも喉を滑り落ちていく。一口飲み込むと、もう一口。ジェラルドに抱かれて胸と性器を愛撫されながら、春彦はレナートの運ぶ粥を食べていった。食べながら、苦しくて何度もしゃくり上げる。しとどに濡れた花芯からは、みだりがわしい水音が絶え間なく聞こえた。

ようやく最後の一口を飲み込むと、いい子だと口づけられる。レナートがトレーを片付ける音を聞きながら、春彦は花芯を解放された。紐を解かれ、強く扱かれる。

「あ……あぁぁぁ——……っっ！」

突き上げるように下肢を跳ね上げ、春彦は蜜を迸らせた。レナートが片付けたテーブルに、蜜が飛び散る。絶頂に弛緩した春彦は、涙で滲んだ目でそれを見ていた。

「昨日よりは少し薄いか。だが、たくさん出たな」

膝裏を持たれ、ソファの上に足を乗せられる。ジェラルドの膝に乗って、春彦は下肢を淫らに開かされた。ジェラルドの指が花芯から伝い下り、昨日散らされた蕾に触れる。昨夜の陵辱に、そこはまだふっくらと腫れていた。

「んっ……く……」

春彦の蜜に濡れた指が、ゆっくりと入り込む。目をぎゅっと瞑った春彦に、ジェラルドが背後から囁いた。

「痛いか、春彦？」

「……痛……い……ぁ」

まだ受け入れる準備のできていない蕾は、いくら指が濡れていても引き攣《つ》れたような痛みを春彦に与える。

「可哀想に。少し楽にしてやろう」

「あっ……やぁ、っ」

後孔をゆったりと指で穿《うが》たれながら、前方を掌に包まれる。鈍い快感が花芯から広がりだし、春彦はまた、いやだと口にしてしまう。こんなことはいやなのだ。それなのに、どうして身体は春彦の意思を無視するのか。

「何度お仕置きをしても、春彦はいやだと言ってしまうな。とても可愛いが、もう少し従順なのがわたしの好みだ。どうしてやったらいいのかな」

ジェラルドが低く笑う。ねっとりと耳朶を舐《ねぶ》られ、春彦はぶるりと震えた。

「やめて……お仕置きなんて、もう……あ、あぁ」

「やめてあげたいが、春彦は少しもわたしの言うことを聞かないだろう？　どうしておとなしく接待ができないのかな。これも春彦の仕事だよ？」

「仕事だなんて……んっ」

こんなことが仕事だなんて、絶対に違う。春彦の仕事は総務を兼ねた経理で、しかも、小久保電器産業の本社に勤務しているわけではない。その子会社の小久保精機の社員だ。

「僕は……こんなこと……あぁ。家に帰して……会社……んっ、行かないと」

「会社？　ああ、そのことなら佐々山がいいようにしてあるだろう。無断欠勤扱いにはならない。だって君は、ちゃんと仕事をしているんだからな」

「違う……こんなの、っ、仕事じゃない……あぁ、んっ」

拒んだとたん、深々と指を突き入れられた。耳朶を軽く嚙まれ、春彦は後頭部をジェラルドの肩に擦りつける。いじられ続けた花芯はまた勃ち上がっていて、後孔は突き入れられた指を食い締めて、ひくついていた。

「強情だな。春彦もわたしとのセックスを楽しめばいい。気持ちがいいだろう？　それだけを考えろ」

「いやだ……。僕は……こんなこと、んっ、や……っ」

背後で、ジェラルドが舌打ちする音が聞こえる。楽しめと言うが、他人と身体を重ねる行為を軽々しく楽しめるほど、春彦の倫理感は低くなかった。これは、好意を持った相手とするべきものだ。

あくまで拒もうとする春彦に、ジェラルドがやや忌々《いまいま》しげに言ってくる。

「わたしのなにが気に入らない。わたしの接待をして、春彦のマイナスになることはけしてない。春彦が望むなら、佐々山に命じて本社勤務にしてやる。出世したいというのなら、先々望みの役職につけるよう支援してやろう。もちろんそれだけじゃない。礼は十分するつもりだ。わたしを楽しませたら、アメリカに帰国する時には春彦に十万ドルの小切手を贈るつもりだ。それから、春彦に似合いのスーツも贈ろう。あんな安物は春彦には似合わない。女ではないから、宝石はいらないな？　代わりに、この腕を飾る時計をやる。ああ、ネクタイピンになら宝石をつけてやれるな。――それでも、わたしに抱かれるのはいやか？」

「なに……言ってるんだ。お金とか出世とか……意味わかんないよ」

ジェラルドの言い分に、春彦は啞然とした。与えられる代償の大きさにも驚いたが、それより、代償を支払えば身体を自由にしてもいいという考え方に呆れたのだ。

ジェラルドはまるで、別の惑星の住人のようだった。春彦とはまったく価値観が違いすぎる。

春彦はいじられ続けるせいで出てくる喘ぎに胸を上下させながら、なんとか口を開いた。

「そんなことでこんなの許したら……売春じゃないか。僕は……男娼なんかじゃない。ちゃんと仕事して、真っ当に暮らして……それで、生きていくんだ。こんなこと……こんな……好きな人とするべきことを金と引き換えにやって、そんなの……ありえない。放して……っ」

「ありえない？」

想定外の答えを返されたかのように、ジェラルドの口調は驚きに包まれていた。ジェラルドの世界では、愛情で身体を繫げることはしないのだろうか。愛していなかったら、他人と裸で抱き合うなんてできないはずなのに。

「ただのセックスだ。そうだろう、春彦？」

「違う……」

不思議そうなジェラルドに、春彦は首を振る。『ただの』ではない。

「好きな人以外には……許しちゃいけないことだ、んぅ、っ」

「だが、こんなに深くわたしの指を咥え込んで、悦んでいる」

「……違う」

たしかに春彦の身体は恥ずべき反応を見せているが、だからといって楽しんでいいわけではない。上がりそうになる嬌声をこらえ、春彦は首を振った。

「とろとろに蜜を零しているくせに」

ジェラルドは納得しない。ますます激しく、淫らに春彦の身の内を指で穿《うが》ち、花芯を擦り立てた。

「やっ……ん、っ……違う。違う……！」

快感をあおり立てられながら、春彦は否定した。絶対に違う。いくら気持ちがよくても、許してはいけない快楽だった。

「嘘つきだな。こんなに悦んでいるくせに。ほら、指が二本入った」

「あぁ……んっ」

揃えた二本の指で、深々と突き上げられる。春彦は仰け反り、唇を嚙みしめた。後ろからの刺激に、花芯がひくりと硬度を増す。先端に雫が盛り上がり、また蜜が滴り落ちた。

「やぁ、っ……あぁぁ、っっ」

「ここが好きだろう？　さあ、撫でてやろう」

入り込んだ指が、昨夜暴《あば》かれた春彦の弱いところを集中して抉る。脳髄で火花が散るが、さっきまで花芯を擦っていた指が今は根元を握り締め、解放を許さない。

「認めるんだ、春彦。おまえも、これを楽しんでいると。さあ」

「いやだ……っ。楽しんでなんて……いない、あ、あぁ」

執拗に前立腺を刺激され、春彦の下肢がはしたなく揺れる。勝手に腰が振れ、その淫らさに春彦は逃げ出してしまいたかった。

だが、背後からしっかりと捕らえられ、逃げることを許されない。まだスーツを着たままのジェラルドの膝で、春彦は喉が痛くなるほど喘がされた。それでも、ジェラルドとの行為を春彦は認めない。どんなに気持ちよくされても、これは春彦の望むものではなかった。それは絶対に譲れない。

「——本当に、なんて強情なんだ」

けして「はい」と認めない春彦に、ジェラルドが業を煮やしたように舌打ちする。膝の上から抱き上げられた。

「……ん、あ」

ソファに横たえられ、再び花芯に紐を巻かれる。何重にも巻き上げられ、欲望を塞き止められた。

「認めないというのなら、楽しむ必要はないだろう」

下肢だけ寛《くつろ》げ、ジェラルドが自身の雄蘂を取り出した。挿れられるのだ。

「ジェラルド……や……やだ……いやだ……」

ずり上がって、春彦は逃げようとした。その腕を無造作に摑まれる。再び抱き上げられ、向かい合うように膝に乗せられた。ぐちゅと音を立てて、猛々《たけだけ》しい凶器が春彦の後孔に挿入される。そこは、ジェラルドという剣を収める鞘《さや》だった。

「あ……あぁぁぁ——……っっ！」

逞しい怒張に、潤んだ肛壁を抉られる。座る体勢のため深みまでジェラルドに犯され、春彦の身体がひくひくと跳ねた。しかし、逃れることは許されない。強い力で最奥まで突き刺される。

尻が最後まで落ちると、後孔の襞にジェラルドの茂みが当たるのを感じた。本当に、根元まで呑み込まされているのだ。なのに、解放は許されない。

全身がひどく熱く、苦しかった。極めたい。そうしたら楽になるのに、紐で縛られているせいで、春彦の欲望は解放されない。

「ジェラルド……ん、んん、ぅ」

なんとか終わりたくて、勝手に腰が揺れる。そんなことをしても苦しくなるばかりで解放はされないのに、春彦は下肢の蠢きを止めることができなかった。苦しくて苦しくてたまらなかった。

「どうした、春彦。好きな人以外とはしないのだろう？　それなのに、どうしてそんなにいやらしく腰を振っているんだ。わたしを咥え込んでいる中が、男を食い締めて貪《むさぼ》っているぞ」

「はぁ……はぁ……いや……いやだ……あ、やめ……」

ジェラルドに抱きつき、春彦は腰を回す。この苦しみを、なんとかしてほしかった。

ジェラルドは低く笑っている。快楽に惑乱《わくらん》する春彦が面白くてたまらないのだろう。

「やめて？　わたしはなにもしていない。おまえが勝手に、わたしを味わっているんだ。わたしを好きでなくても、十分楽しいだろう？」

「いや……いやだ……あ、あぁ」

耐え切れず、花芯を縛める紐に手を伸ばそうとすると、ジェラルドがそれを遮る。

「だめだ。これを楽しみたくないのだろう？　せっかく手助けしてやっているのに、どうして解こうとする。さあ、そろそろわたしが楽しませてもらおうか」

「……ひっ」

ぐい、と腰を持ち上げられた。男根が抜けるぎりぎりまで抱き上げられ、腰から手を放される。力の抜けた足は支える役を果たさず、春彦の後孔はずぶずぶと、漲《みなぎ》った雄蘂を呑み込んでいった。また抱き上げられ、今度は下から突き上げられながら、腰を落とされる。自重と、ジェラルドの突き上げに思い切り肛壁を抉られ、春彦は目を見開いたまま悲鳴を上げた。

「やぁ、ぁぁぁぁっっ……っっ！」

そのまま激しく身体を使われる。ぐいぐいと肉襞を擦り上げられ、最奥まで怒張を捻《ね》じ込まれる。身体の奥深くで雄が弾《はじ》けるのを、春彦は感じた。

「ひ……ぃ、っっ――……っっ！」

熱いものに深みを犯され、春彦は放出を伴わない絶頂を味わわされる。塞き止められた花芯がふるふると震え、全身がひくついた。蠕動する肛壁がジェラルドを食い締めるたびに脳髄を突き抜ける快楽に襲われたが、それには果てがない。見開いた目はもうなにも映し出さず、虚ろに中空を見ていた。しばらく硬直したあと、春彦の身体が崩れる。焦点を失った目が天井を見上げていた。

「――これでもまだ、わたしと楽しむのはいやか？」

意識などとうに手放している春彦に、ジェラルドは囁くように問いかけた。答えの返らない身体を、ジェラルドは抱きしめる。昂ったままの花芯をそっと握ると、春彦から泣くような呻きが上がる。目尻に口づけ、ジェラルドはやさしく春彦をあやした。

好きな人とだけ――。

そんな戯言《ざれごと》など、笑い飛ばしてやりたい。だが、笑い飛ばす代わりにスーツを脱ぎ捨て、ジェラルドは呆然と意識を飛ばしている春彦に再び挑《いど》みかかった。抱いて抱いて、気が狂うほどに感じさせて、ジェラルドに抱かれるのが好きだと春彦に言わせてみたかった。

「もっと気持ちよくしてやる……」

クッションを枕にソファの上に横たえ、ジェラルドは春彦の蕾を犯す。犯しながら、花芯を縛める紐を解くと、春彦は細い声を上げて蜜を迸らせた。突き上げるたびに蜜を噴き上げ、終わってもまだとろとろと樹液を滴らせる。

「あ……あ……あ……ん、ふ」

自ら腰を揺らす様は、とてつもなく淫らだった。春彦を犯すジェラルドの雄が、どくりと膨れる。

こんなに情動を刺激されたことはない。十代の頃から、ジェラルドにとって他人と抱き合うことは欲望の解消に過ぎなかった。適度に身体を動かし、溜まったものを吐き捨てる。ただそれだけだ。

それなのに、春彦には抱いても抱いても欲望が募る。まだもっと、この身体を貪りたかった。

「あおったのはおまえだ」

ジェラルドを拒絶するからいけないのだ。そう決めつけ、ジェラルドは春彦に激しく怒張を捻じ込み、痺れるような陶酔《とうすい》に身を浸《ひた》していった。

四.

ハートリー・グループの総帥と、小久保電器産業社長との握手にフラッシュが光る。
『今後、両社の協力から生まれる新しい製品がおおいに楽しみです』
ジェラルドはゆったりと笑みを浮かべて、小久保電器産業との業務・資本提携への抱負を語った。
互いの株式を交換し、それぞれ取締役をハートリー側が二人、小久保電器側が一人派遣することで、ハートリー・グループは小久保電器産業との提携を選択した。ただし、株式の数はハートリー側の一千万株に対して、小久保電器は四千万株を譲ることになっている。株数が増えたのは、ちょっとした交渉の余興《よきょう》のようなものだ。派遣する取締役の数もハートリー側のほうが多く、ジェラルドにとって有利に交渉を進めることができた。引き替えに、差し障りのない研究をいくつか、小久保電器側に提供する。小久保電器も家電開発のノウハウをハートリー側に教える。

双方にとって悪くない結果になった。

記者会見が終わると、懇親会《こんしん》だ。親しげに小久保電器側の重役たちと会話を交わしながら、ジェラルドの頭にあるのは春彦のことだった。明日には、ジェラルドはアメリカに帰国する。春彦の接待も今日までだ。

昨夜も、春彦はジェラルドの腕の中で可愛らしく乱れた。いやだと口走るのは相変わらずだ。

だがそれも、今ではなんだか愛らしく感じる。春彦にいやだと抵抗されるのが、どうやら自分は不快ではないようだと、ジェラルドは気づいていた。

「好きじゃないのにこんなことしちゃいけないんだ！」

そう言われるたびに、奇妙に胸が騒《さわ》ぐ。好きじゃなければセックスしてはいけないのなら、春彦はジェラルドを好きになってしまえばいいのにと思えた。ジェラルドのほうは春彦をすっかり気に入ってしまっているのだ。これは、お気に入りの道具を見つけた時の気持ちとよく似ている。

スーツの隠しから、懐中時計を取り出す。二十歳の誕生日に祖父から譲ってもらったスイス製だ。六年経った今でも、ジェラルドはそれを大切に使用していた。お気に入りのマグカップは、十二歳の時から使用している十四年物だ。今回の契約のサインにも使った万年筆は姉からのプレゼントで、十歳の時から十六年使用していた。冬にひざ掛けとして使用しているブランケットに至っては、物心つく頃からだから二十年以上愛用していることになる。

そういった愛用の品に匹敵《ひってき》する気持ちを、なぜか春彦にも感じた。今まで情人にしてきた相手には抱いたことのない感情だ。

『持って帰ろうかな……』

ひそりとした呟きに、脇に控えていたナッシュが反応する。

『ベッドを温めている坊やをですか？』

耳ざとい部下を、ジェラルドは振り返った。視線を向けた時には、もう心が決まっていた。

『明日、あれも一緒に連れて行く。手配しておけ』

『承知しました。――しかし、これは控えめに言っても拉致《らち》と言うべきでは？』

ナッシュが軽くジェラルドを窺う。ジェラルドは鼻で笑った。拉致などとはとんでもない。ジェラルドは春彦を気に入り、それに相応《ふさわ》しい待遇を与えるのだ。否とは言わせない。

『じきに拉致ではなくなる。あれもすぐにわかる。わたしのいる場所こそが、あれのいる場所だと』

『そうなるとよろしいのですが』

いちいち一言多い男だ。ジェラルドは肩を竦め、ナッシュに手配を促した。欲しいと思ったものは、ジェラルドは必ず手に入れる。ハートリー一族の男というのはそういうものだった。


記者会見のニュースを、春彦は硬い表情で見つめていた。ジェラルドに差し出されてから、もう一週間が経過している。

その間、春彦は毎晩のようにジェラルドに抱かれていた。もう最初の頃のように、いやだと口走るだけで罰が与えられることはない。ただ、抵抗すればするほど、ジェラルドに激しく抱かれた。

抱きしめられた熱い腕を思い出し、春彦はぞくりと震える。自分で自分を抱きしめ、小さく膝を抱えた。ジェラルドに与えられる快楽は信じられないほど深く、強く、この先自分が元の日常に戻れるのかどうか春彦を不安にさせた。たとえ日常に戻れても、もう二度と誰とも抱き合えないのではないかと思える。恋も愛もない関係なのに、与えられる悦びは激しく、今後誰を好きになっても同じ悦びは味わえない気がする。それほどに、ジェラルドに与えられる肉体の悦びは深かった。

だが、それももう終わりだ。小久保電器産業との業務・資本提携が締結されれば、ジェラルドはアメリカに帰国する。春彦の接待ももう終わりだった。

「――せいせいするじゃないか」

春彦は声に出して呟いた。家に帰りたくて帰りたくてたまらなかった。ジェラルドから解放されるのなら、万々歳だ。それなのに、春彦の胸は不安でいっぱいだった。この爛《ただ》れた一週間を、自分は忘れることができるのだろうか。

とても忘れられそうにない、淫らな一週間だった。将来は結婚もして、子供を三人は欲しいと思っていたのに、今はその夢が幻のように遠く見えた。あんなに連日女のように抱かれ続けて、この先自分が女性との行為をやりおおせられるのかわからない。肉体に刻まれた快楽の記憶を振り払うことができるのかもわからなかった。ジェラルドはアメリカに帰ってしまうのに――。

そう思うと、ジェラルドに対する怒りがますます募る。同性愛者でもなかった春彦に無理やり男同士の快楽を教え、こんな身体にしておいて勝手に帰ってしまう。その身勝手さに腹が立つ。

ではどうしてほしいのかと思うと、胸のすく代案は思いつかない。そもそも春彦に手を出さずにいてくれれば、それが一番よかったのだ。おそらくジェラルドは以前言ったように、十万ドルの小切手と数々の贈り物を春彦に与えるだろう。会社での立場も悪くならないよう、手を打ってくれるはずだ。春彦が望めば、出世できるよう助けてもくれるだろう。

だがそれでは、春彦はまるで売春夫ではないか。望んで身体を売ったわけではないのに、半端な謝礼は屈辱《くつじょく》だった。

「あんなやつ……さっさとアメリカに帰ってしまえばいい」

春彦は吐き捨てた。早くジェラルドから離れ、日常を取り戻すのだ。きっと元に戻れる。以前の春彦を取り戻せる。そうでなければ、自分はだめになってしまいそうだ。ジェラルドの与える悦楽は、まるで麻薬のように深く、激しかった。

春彦はぶるりと震えた。そこに、ドアを開閉する音がかすかに聞こえてきた。ざわめく気配が、ジェラルドが帰ったことを春彦に教える。

――今夜が最後の晩だ。

これをしのげば、明日には家に帰れる。春彦は唇を嚙みしめた。

待っているうちにドアが開き、ジェラルドが入ってくる。

「ただいま、春彦」

つかつかと歩み寄り、春彦の隣に腰を下ろしてくる。ソファの上で膝を抱えている春彦に、少し苦笑したようだった。

「なにを見ていたんだ？　ああ、ニュースか」

「……無事、提携できたって」

じっと絨毯を見つめて、春彦は呟いた。ジェラルドが肩に腕を回してくる。

「見たのか。そうだ、これで日本での仕事は終わりだ。明日、アメリカに帰国する」

春彦は、ほぅと深い息を吐き出す。解放されるのだ、やっと。

ジェラルドが含み笑う。それに不穏《ふおん》なものを感じ、春彦は顔を上げた。春彦を見下ろす碧い瞳を、じっと見つめる。ジェラルドの指が、春彦の顎をくすぐってきた。

「心配しなくていい。春彦も一緒だ」

「……え？」

一瞬、なにを言われたのか、頭が理解することを拒んだ。ジェラルドはなんて言ったのだろう。

春彦も一緒……？　まさか。

指が小刻みに震え出す。春彦は声を出そうとしてうまくいかず、喘いだ。何度目かで、ようやく言葉を発せられる。

「い、一緒って……なんで？」

ジェラルドがにっこりと笑う。親指の腹が楽しげに、春彦の唇を辿ってきた。

「春彦も一緒に来るんだ。とても気に入ったから、アメリカでも春彦を可愛がってやる」

「う……そ。なに言って……」

動揺する春彦を、ジェラルドが抱きしめてくる。深く胸の中に抱き込まれ、髪を撫でられた。

「大丈夫だ、春彦。佐々山にはもう話をとおしてある。パスポートは持っているか？」

「パスポートって……ここにあるわけがないよ。家に行かないと……」

「ああ、自宅にあるのか。ならいい。明日には佐々山が持ってくるだろう」

ジェラルドがご機嫌で、春彦の額にキスをしてくる。春彦の頭の中はもう真っ白だった。

大学時代、バイトで金を貯めて安いツアーで旅行をした経験のある春彦は、たしかにパスポートを持っている。だが、明日アメリカに行く？

ジェラルドの言うことが信じられなかった。今夜で終わりではないのだ。アメリカでも、ジェラルドに弄《もてあそ》ばれるというのか。冗談ではない。一気に頭が沸騰《ふっとう》した。

「ふざけるな！　なんで、アメリカまで行かないといけないんだ！　これは接待なんだろう？　それなら、提携が結ばれたら僕はもう必要ないはずだ。アメリカにだなんて、なにを言っているんだ！」

怒鳴りだした春彦に、ジェラルドは軽く苦笑するだけだ。

「そんなに怒るな、春彦。気に入ってしまったのだから仕方がないだろう？　わたしは、気に入ったものはどうしても手元に置きたい人間なんだ」

なだめるように、ジェラルドが春彦の髪を撫でる。自分の言うことにどこもおかしいところはないと、確信している口調だった。この男に、春彦はどう見えているのだろう。対等な人間だと、ちゃんとわかっているのだろうか。春彦はペットではない。れっきとした人間なのだ。

「気に入ったって……。僕は気に入ってなんかない！　あなたに抱かれるのはもうたくさんだ！」

ここで抗《あらが》わなくては、春彦はアメリカにまで連れて行かれてしまう。そこでも日本でのようにジェラルドに弄ばれる玩具《おもちゃ》にされてしまうのだ。

春彦は必死だった。だが、ジェラルドは春彦を軽くいなすだけだ。

「嘘つきだな。今朝だって、あんなに激しく求め合っただろう？　わたしに抱かれて、何度もここで極めたじゃないか」

ジェラルドの手が、春彦の下肢に触れる。この一週間ですっかり慣らされた花芯が、ジェラルドの手にぴくりと反応した。この手がどれだけ春彦を悦ばせるか、春彦自身よりも身体のほうがずっとわかっている。

「後ろでイッて、前でもイッたよな。可愛かったよ、春彦」

花芯から蜜を放出する通常の快楽と、放出を伴わない後孔を抉られることで味わわされる快楽の二つを思い出させられ、春彦は肌を粟立《あわだ》てる。性器からのものはともかく、後孔だけで長く味わわされる絶頂は、男というより女のそれで、春彦は思い出したくなかった。まるで自分が、ジェラルドの女にされてしまったように感じられる。そんなことは認めたくなかった。

今、ジェラルドの言葉だけで肉体の奥がじんわりと濡れてきたのも、認めたくない。

「……触るな！　やっ……っ」

腕を振り払おうとするが、するりと、パジャマの間から下着に手を差し入れられる。自分のものなのに、もうジェラルドのほうが多くそこに触れている気がした。自慰よりももっと、ジェラルドの手は春彦のいいところを弁《わきま》えている。

「今朝もいっぱい搾ってやったのに、もう硬くなっている。観念したほうがいい。春彦も、わたしが気に入っただろう？」

「気に入るもんか……、あっ」

抵抗したいのに、勝手に足が開く。ジェラルドが愛撫しやすいように、しどけなく身体が緩《ゆる》む。

「ベッドのほうがいいな」

ジェラルドに抱き上げられた。昂った花芯に唇を嚙みしめながら、春彦の手はジェラルドの首に縋りつく。この昂りをなだめてくれるのは、ジェラルドだけだった。

――ちくしょう……。

悔しくて悔しくてたまらないが、ジェラルドの与える快楽に春彦は逆らえない。身体のほうが先に屈服《くっぷく》させられてしまった。そのままパジャマをむしられ、伸しかかられる。自身も裸になったジェラルドの背を、春彦は屈辱と一緒に抱きしめた。

「あ、あ……やめ……っ」

いやだと口走りながら、身体を開いていく。男なのに、女のようにジェラルドに抱かれ、春彦は悦楽に意識を飛ばしていった。

目覚めると、春彦はジェラルドの腕の中にいた。静かな寝息を立て、ジェラルドは眠っている。何時になったのだろうか。

春彦はそっと身じろぎ、ベッドサイドの時計を見た。時刻は五時、早朝だった。

ジェラルドを起こさないよう、そろそろとベッドから下りる。逃げるのなら、今しかチャンスはなかった。逃げなければ、アメリカに連れて行かれてしまう。

足を忍ばせ、寝室から出る。細くドアを開けたが、隣室に差し込む日差しが寝室に入り、春彦はどきりとした。そっと背後のベッドを窺うが、ジェラルドが起きた気配はない。

波打つ胸を押さえ、春彦は隣室に忍び出た。静かにドアを閉める。

さすがにレナートも休んでいるようで、室内はしんと静まり返っていた。パジャマのまま、春彦はあちこちさまよった。欲しいのは、一週間前ここで脱がされた春彦のスーツと、財布だ。いくらなんでも、パジャマのままここを出るわけにはいかない。寝室にあるクローゼットに春彦の衣服がないこ春彦は無言で絨毯を見つめた。じっとしていれば、ジェラルドの思いどおりにされてしまうだけだ。財布すら見つからなかったら、動きが取れなかった。

春彦は頭を抱えた。たとえパジャマ姿でもお金さえあれば、とりあえずジェラルドから逃げられる。リカでもジェラルドの玩具にされてしまう。せめてお金があれば――。

壁を背に、春彦はずるずると座り込んだ。逃げ出したいのに、逃げ出せない。このままでは、アメ

「どうしたらいいんだよ……」

服を探せない。あるとしたら、あとはレナートの寝ている部屋しかなかった。

ていたのだ。これなら、ジェラルドに呼ばれてもすぐに駆《か》けつけられる。しかし、これでは春彦の衣

インペリアル・スイートの部屋は全部で六部屋ある。そのうちのひとつが、レナートの寝室になっ

「……びっくりした。ここがレナートの部屋になっていたんだ」

レナートが休んでいたのだ。

最後の突き当たりの部屋のドアを、春彦は開けた。だが、息を呑んですぐに閉める。その部屋には

「どうしよう……」

部屋から出ることもできなかった。

隣の部屋、さらに隣も春彦は探した。しかし、どこにも春彦の服は隠されていない。このままでは

レナートはどこに春彦のスーツを片付けてしまったのだろう。

「――……ない」

とは確認済みだった。もうひとつの、浴室近くにあるクローゼットを春彦は探った。

ここは思い切って、パジャマのままで逃げ出すべきではないか。

「そうだ……」

ひとつ案を思いつき、春彦は顔を上げた。パジャマのままで逃げ出して、その足で警察に駆け込んでしまえばいい。ジェラルドや佐々山の名前を出したらさすがに大事《おおごと》になってしまうから、見知らぬ男に拉致されたと警察に逃げ込むのだ。そうしたら、たぶん警察のほうで春彦を郷里に戻してくれる。家に戻れればいいのだ。それに警察に介入《かいにゅう》されれば、いくらジェラルドでも春彦から手を引くだろう。

もっとも春彦も、なにがあったのか追及されたくはないから、迂闊《うかつ》にジェラルドたちの名前を出す気はなかった。春彦の恥辱は、一生墓場まで持っていくつもりだ。誰にも、こんな恥ずべきことを知られてはならない。うまい話を適当に作り、警察に逃げ込むのだ。

心決め、春彦は立ち上がった。パジャマのままであろうと、裸足《はだし》であろうと、とにかくジェラルドから離れるのが先決だった。

二人を起こさないよう足音を忍ばせ、出入り口に向かう。入るのは鍵がなければ入れないが、出る分には問題ない。外に出てドアを閉めてしまえば、ホテルのドアはオートロックで鍵もかかる。

春彦はそっとドアを開け、廊下に滑り出た。静かに、静かにドアを閉める。

かちりと小さな音が聞こえ、やっと深い吐息が洩れ出た。

——逃げるぞ。

早足でエレベーターに向かい、箱に乗り込む。一階のボタンを押し、エレベーターが下りるのを待った。だが、到着した一階で降りた春彦は、再びエレベーターの中に戻ってしまう。入り口にはドアマンがいて、ロビーにもホテルの人間が待機していたからだ。パジャマ姿で出て行ったら、どう考えても怪《あや》しまれる。慌ててエレベーターに戻り、春彦はさらに下位、地下二階のボタンを押した。

地下二階で降りて、どこか出口がないかと周囲を見回す。すると、さすがに東京というべきか、地下鉄に通じる通用口の案内が見つかった。ホテルから出られる！　春彦の表情が明るく変わり、地下鉄への通路に向かって駆け出した。これで家に帰れるのだ。やっと――。

その足が、怯えたように止まった。別のエレベーターが地下二階で停止し、ドアが開く音が聞こえたのだ。パジャマ姿で見つかるわけにはいかない。不審者扱いされてしまう。

春彦はどこか隠れられる場所を探そうとした。耳に、エレベーターから降りた人間の足音が聞こえてくる。とっさに、春彦は大きな観葉樹の鉢植えの陰に隠れようとした。

そこに、鞭《むち》打つような声が叩きつけられた。

「――春彦！」

春彦の肩がびくりと上がった。ジェラルドの声だった。隠れようと中途半端に身を屈めた格好で、春彦の身体が凍りつく。

――どうしよう……どうしよう……どうしよう……。

強張ったまま動けない春彦に、ジェラルドがゆったりと近づいてくる。逃げなくてはと思うのに、春彦は身体を動かすことができずにいた。固まっている身体を、強い腕で抱き寄せられる。

「――間一髪《かんいっぱつ》、間に合ったな」

声には苦々しさが交じっていた。春彦の身体が震え始めた。

「ジェ……ジェラルド……なんで」

どうしてジェラルドがここにいるのだ。ジェラルドは眠っていたはずだ。

春彦を摑んだまま、ジェラルドが肩を竦める。

「抱きしめて眠っていたはずなのに、いなくなったら寒くて目が開いてしまうだろう？　寝室を出たらドアの閉まる音が聞こえた。おまえが着られる服があるはずがないし、パジャマのままでロビーからホテルを出られるわけがない。とすると、人目を避けるためにはロビー以外の出口に行くしかない。つまり、地下道と繋がっているここ、地下二階だ。――どうして逃げ出したりするのかな、春彦は」

見ると、さすがに慌てて着衣を整えたのか、シャツにズボンの軽装だ。それもシャツの裾が外に出ている。口調は落ち着いていたが、かなり慌てて春彦を追ってきた様子なのが見て取れた。

どうしてそこまでして春彦を追うのか理解できない。特別顔立ちが整っているというわけではなく、望んでジェラルドに抱かれているわけでもないただのつまらない男なのに、なぜ見逃してくれないのだろう。ジェラルドならば、いやがる相手に無理強いしなくてもいくらでも相手がいるだろうに。

「なんで……。逃がしてくれればいいのに」

「だめだ。気に入ったと言っただろう」

身体を起こされ、抱きしめられる。耳元に、囁きが落ちた。

「わたしは、お気に入りは長く使う主義なんだ。まさかセックスの相手にこんなお気に入りができるとは、思いもしなかった。放さないよ、春彦」

熱い囁きには、執着がこもっていた。信じられない。なぜ、春彦なのだ。

「お気に入りって……そんなの……」

熱のこもった声が怖かった。熱と、そして甘さに春彦は震えを抑えきれない。

「おいで、春彦。部屋に戻ろう」

「い……いやだ」

「春彦？」

ジェラルドが不思議そうに首を傾げる。日本語がこんなに流暢なのに、話が通じなさすぎる。お気に入りだとか、セックスの相手だとか、春彦はひとつも同意していないのに、なんでわからないのだ。

「アメリカになんて……行かない。僕は普通の暮らしに戻るんだ」

「聞き分けのないことを言うな、春彦。わたしが『気に入った』と言った言葉の意味を、おまえは少しもわかっていない。それに、おまえもおまえ自身のことがわかっていない」

「やめ……っ」

荷物のように、春彦は肩に抱き上げられた。そのまま、エレベーターまで運ばれる。

「放せっ。下ろせよっ！」

春彦は暴れた。わかっていないのは、ジェラルドのほうだ。春彦にとって他人と抱き合うのは遊びではない。心が伴わない関係など、絶対認められなかった。

だが、いきなりジェラルドに尻を叩かれ、痛みに春彦は声を上げた。容赦ない打擲《ちょうちゃく》だった。

「あ……っ！　い、痛い……っ」

「聞き分けのない子には、こういうお仕置きのほうがいいか？」

「痛……っ、痛い……こんなことで僕を黙らせようったって……っ」

容赦なく尻を叩かれながら、それでもなお春彦は抵抗した。ジェラルドは降りてきたエレベーターに乗り込み、宿泊しているスイートの階のボタンを押す。

扉が閉まると、いきなり春彦のパジャマのズボンを下着ごと下ろした。尻を剝き出しにする。

「あっ、ジェラルド……なにを、っ、いた……っ、あ、あぁ、っ」

剝き出しの尻を何度も叩かれる。加減なく叩かれ、春彦の尻は見る見るうちに真っ赤になった。

いいやそれより、こんな状態のところに誰かが乗ってきたらどうしよう、そちらも気になる。

「ジェラルド……痛い……ズボンを上げて……っ、あっ、あぁっ、誰か来たら……っ」

「こんな早朝から？　来るとしても、せいぜいホテルの従業員だ。彼らはわたしに文句など言わない」

傲然と言いながら、さらにジェラルドは春彦の尻を打擲した。痛みと屈辱、恥ずかしさに、春彦の目に涙が滲む。

「いやだ……やめて……っ、あっ、ああっっ！」

「もう逃げないか？」

「でも……あぁ、っっ」

ひどく叩かれる。数度叩かれ、それから、やさしく撫でられた。何度も叩かれたせいでじんじんとしている尻をやさしく撫でられると、どういうわけか甘い疼きが湧き上がってくる。

エレベーターが停止し、赤くなった尻をいたわられながら、ジェラルドに連れ出される。

割れ目をなぞられ、春彦はぴくんと背筋を緊張させた。

「もう逃げない？」

いやだと言いたかった。だが、そう言えばまたひどく叩かれる。でも、いやだった。

指がゆっくりと割れ目を辿っていく。消失点で、春彦は息を呑んだ。乾いた指が春彦の蕾を開き、ゆっくりと入ってきたのだ。

「あっ……そんな……っっ。や……やめ……」

ここはまだ廊下だ。もしも人が来たら、そう思うと春彦の身が竦んだ。

ドアの前でジェラルドは立ち止まり、春彦の蕾に根元まで指を挿入していった。

「——逃げない。そうだよな、春彦？」

「ん、や……やめ……」

声を出すと、指を食んだ後孔がきゅんと窄まるのを感じた。もっと深くに誘い込むように、襞が蠕動する。挿れられることに、春彦の身体はすっかり慣らされていた。

「誓《ちか》いたくないか？　それなら、下半身を剥き出しにした格好で、ここに置いていこうか」

「……え」

そんなまさか。春彦は硬直した。下半身を裸にされて廊下に置き去りにされるなんて、嘘だろう。

しかし、ジェラルドは本気のようだった。答えない春彦を肩から下ろすと、手際よく膝に絡まっていた着衣を剝ぎ取っていく。その上、剝ぎ取ったパジャマで腕を後ろ手に縛り上げ、そのまま春彦を廊下に転がした。

「ジェラルド……！」

「いい格好だ。ふふ、前が勃っているじゃないか。尻をぶたれて感じたのか？」

「あ……」

ジェラルドに言われ、春彦は自身の下肢を見下ろした。下肢ではジェラルドの言うとおり、果実が実りだしていた。

「嘘……違う……」

信じたくなくて、春彦はがくがくと首を振った。ジェラルドが低く笑う。

「違わない。尻を叩かれて、おまえは感じたんだ。指を挿れられる前からそこが硬くなっていることを、わたしは知っていたよ？」

そう言って、ジェラルドが春彦の頬をそっと包み込む。碧い瞳は、残酷なまでに美しかった。

「おまえはちゃんと知るべきだ。自分の身体がなにを悦ぶのか――」

「悦ぶなんて……」

認めたくない。春彦の目に涙が盛り上がった。春彦は普通の男だ。まだ女性と抱き合ったことはないが、いつかは女性と結婚し、子供を得るべき男だった。哀れむように、ジェラルドが微笑んだ。

「わたしと離れて、生きていけるのか？　こんなに過敏な身体を誰に慰《なぐさ》めてもらう」

「あ……っ」

いつの間にかパジャマをはだけられ、つんと尖っていた胸の実を人差し指で軽く押し潰される。なにかがじゅんと溢れ、花芯が反り返るのを、春彦は呆然と見つめていた。こりこりと乳首を捏ねられ、先端に蜜が滲み出す。それだけではなかった。後ろが、深く抉るものを求めて喘ぎだしていた。

しどけなく足が開く。頬を包まれ、乳首をいじられ、春彦は身体が蕩けだすのを止められなかった。

そっと、ジェラルドに口づけられる。しっとりと唇を啄《ついば》まれ、舌を絡められた。

「ん……ん、ふ……ぅ、ん」

ちゅくちゅくと唇を求めあいながら、春彦の下肢がふしだらに揺れる。そこも、ジェラルドに可愛がってもらいたかった。

——溶ける……。

耳に甘い音を立てて、唇が解かれる。吸われて腫れた唇が、互いの唾液に濡れて喘いでいた。

やさしく乳首を捏ねていた指が、爪を立ててそれを摘んでくる。

「い、た……っ、あぁ、っ……っ!」

痛みのあとにそっと撫でられ、春彦の下肢が跳ねた。それだけの刺激で、嬲られ続けて薄くなった胤《たね》がぴゅっと飛び出て、腹を濡らす。

「触れられもせずイッてしまうのに、どうしてついてこないなんて言うんだ?」

「……ぁ」

飛び散った胤をジェラルドが指で拭い、美味しそうに口に含んだ。それを目にして、達したばかりの果実がまたぴくりと蠢く。自分がこんなに淫らであることを、春彦はジェラルドに教えられた。

「あぁ……ぁ……」

春彦の腹に屈み込み、ジェラルドが春彦の蜜液を舐めていく。ねっとりと肌を舐め上げられ、春彦はまた身体が熱くなるのを感じた。

すべてを舐め終わり、ジェラルドが顔を上げる。絶望に蕩けた春彦の目を、ジェラルドの冴《さ》えた碧い目がじっと見つめていた。

「――一緒に来るね、春彦？」

しどけなく開いた下肢で、また果実が実っている。底のない欲望は、春彦も知らない春彦だった。果実をやさしく握られ、先端を撫でられる。後孔が、咥え込むものを求めていやらしく蠢くのを、春彦は絶望的な思いで感じ取っていた。そっと指をあてがわれ、はしたない後ろに指を挿れられる。

「あぁ……っ、っ……」

挿れられた指に、花芯が淫らに反応する。くっと反り返ったそれは、逃げることを許さない欲望を春彦に突きつけていた。逃げられない――。

中に入ったジェラルドの指が、春彦の快楽に弱い肛壁をそっと撫でてきた。いやなのに、恥ずかしいのに、下肢が指を味わうように揺れだす。

「――春彦？」

最後に促すように、ジェラルドが春彦に囁いてくる。涙に潤んだ眼差しで、春彦はジェラルドを見上げた。逃げたいのに……。

春彦の唇がゆるゆると開く。言葉は、思いとは反対の答えをジェラルドに返す。逃げられなかった。

「…………はい」

口にした瞬間、春彦の頬を涙が一滴《ひとしずく》、零れ落ちた。花芯の先端からも、欲望に濡れた蜜がとろりと滴り落ちる。春彦を嘲笑《あざわら》うかのように熱く濡れた、欲望の雫だった。

「いい子だ」

指を引き抜かれ、抱きしめられる。そのまま抱き上げられて部屋に連れ込まれながら、春彦はもう日常に戻れない自分を感じていた。


佐々山が来た時、春彦は青褪めた顔をして、ジェラルドの隣に座っていた。ジェラルドが日本語を操るとは知らない佐々山は、英語で説明している。膝に置かれた春彦の手は、小刻みに震えていた。

『それでは、こちらが津本君のパスポートです。自宅のほうは、適当に処分しておきます。アパートですから問題はないでしょう。家財道具も――』

言いかけた佐々山を、ジェラルドが止めた。

『家財道具はすべてこちらに送ってくれ』

『ジェラルド……』

春彦は少し驚いて、ジェラルドを見上げる。全部捨てられてしまうのかと、覚悟していた。

唖然とする頰を、ジェラルドが指でつつく。

『馬鹿だね。お気に入りは長く使う主義だと言っただろう？　大事にしなければ、長くは使えない』

穏やかに微笑むジェラルドは、今朝方の情交が嘘のように紳士に見えた。

自覚しないまま、春彦の頰がうっすらと赤く染まる。ジェラルドのやさしさに戸惑い、春彦は顔を逸らせた。すると、背けた項《うなじ》まで、ぽうっと赤くなっているのが男たちに見える。

ただの普通の青年だと思っていた春彦の思いがけない色香に、佐々山が虚《きょ》を衝《つ》かれた様子で目を見開く。目を惹《ひ》かれたことをごまかすために、佐々山がわざとらしく咳払いした。彼にとってみれば、これでハートリー・グループと永続的な付き合いができれば、それに越したことはないのだ。

春彦は体《てい》のいい担保《たんぽ》だった。

『で、では、家財道具は残さず梱包して、そちらにお送りします』

『ああ、頼む』

頷きながら、ジェラルドが春彦の項を軽く撫でる。春彦はますますいたたまれず、身を縮めた。

自分がジェラルドに抱かれていることなど佐々山も先刻承知だろうが、それにしてもこんなふうに愛玩物《あいがんぶつ》であることをアピールされるのは羞恥を刺激された。

お気に入りは長く、などとジェラルドは言ったが、それもいつまで続くかわからない。いつかは日本に帰され、春彦は淫らに開発された身体を抱えて一人で生きていかなくてはならないだろう。

鼻の奥がつんと痛み、涙が滲み出した。ここに来てから、春彦の涙腺は緩くなって手に負えない。

こらえようと鼻を啜《すす》り上げると、ジェラルドが甘やかすように抱きしめてきた。

『泣かないで、春彦。不自由はさせない。春彦はなにも心配することはないんだ』

髪に、頬にキスを落とされる。目尻から涙を吸われ、春彦は甘い吐息を洩らした。触れられるだけで身体が蕩けそうになる。佐々山もいるのに、どうして自分はこんな身体になってしまったのだろう。

『……これは、ずいぶんお気に召されたようですな』

佐々山が苦笑交じりに言ってくる。春彦を抱きしめ、ジェラルドが笑って答えた。

『とてもね。気に入りのものができたのは、六年ぶりだ。生き物は初めてだから、傷つけないように可愛がれるか、心配だよ』

『当てられますな、これは』

佐々山が額を押さえ、首を振る。そして、長居は無用とばかりに立ち上がった。

『それでは、失礼いたします。この先もよいお付き合いが続くことを、祈っております』

『そうだな』

ジェラルドが軽く頷いて、佐々山を見送る。春彦はジェラルドの胸にしがみついたまま、じっとしていた。佐々山の顔を見るのが怖かった。

いや、佐々山に顔を見られるのが、だろうか。きっと、今の自分はいやらしい顔をしている。甘えて蕩けた、淫らな愛玩物の顔をしている。

佐々山がいなくなると、ジェラルドは春彦を膝に乗せ、さらに甘やかしてくる。

「春彦、さあ、機嫌を直すんだ。アメリカまでは専用ジェットだから、気兼ねしなくてもいい」

「専用ジェット……？」

ファーストクラスに乗るとか、そういうレベルではない。ジェラルドは、自分の飛行機を持っているのだ。眩暈《めまい》がしそうだった。口づけられ、深くキスを求められる。

着ているスーツはいつの間に用意したのか、春彦にぴったりと合っていた。

たっぷりとキスを楽しんでから、ジェラルドに腰を抱き上げられ、立ち上がらされる。

「さあ、行こう」

「……はい」

新しい人生に向かって、春彦は一歩踏み出した。先の見えない、甘い蜜のような闇《やみ》の未来だった。

五.

『お帰りなさいませ、ジェラルド様』

グレーの控えめなスーツを身に着けた中年の男が、ジェラルドに恭《うやうや》しげに頭を下げて出迎える。

ジェラルドの屋敷は、ニューヨーク郊外の町スタンフォードにあった。マンハッタンまでは車で一時間弱程度の距離だ。

春彦はニューヨークのジョン・F・ケネディ空港から車で、この屋敷まで連れてこられた。十三時間あまりのフライトのあと、ジェラルドの用事を少々済ませ、それから屋敷までのドライブとなり、春彦はぐったりしていた。移動時間の長さのせいではない。問題は長さではなく、移動に使ったのがジェラルドの専用ジェットだったことだ。

ジェラルドに助けられながら車から降りた春彦は、やや頼りない歩調だ。専用ジェットであることをいいことに、ジェラルドにいいようにされたせいである。おかげで、これからの自分の身の上がどうなるのかなどと思い悩む余裕などなかったが、あらためてジェラルドの屋敷を目にすると不安が目いっぱい込み上げてくる。ジェラルドの屋敷は、日本でいわゆる豪邸と言われるものとはレベルがはるかに違っていた。豪邸というより、まるで宮殿かお城のようだ。こんなところで過ごす――しかも、男の愛人として――などと、春彦は想像したことすらなかった。

どうしてこんなことになったのだろう、と頭を抱えたくなる。よりにもよって自分が男の愛人にさせられるなんて、誰が予想できただろう。しかも、アメリカにまで連れてこられて。

日本のホテルからここに来るまでの間、春彦は何度も逃げるチャンスを窺った。逃れられるものならば、同性の愛人になんてなりたくない。散々身体を好きにされ、春彦自身もその行為に感じてしまっていたが、心までジェラルドになびいたわけではなかった。

それなのに今、春彦の目の前にあるのはヨーロッパ風の豪壮なお屋敷で、ジェラルドに所有物然として腰を抱かれている。ホテルを出るところから人目を気にせず春彦の腰や肩を抱き寄せてくるジェラルドのせいで逃げることもできず、とうとうこんなところにまで連れてこられてしまった。

今頃、小久保精機の皆は、春彦の身の上について、どんな説明をされているのだろう。春彦が一言の挨拶もなく消えてしまったことから、なにかがおかしいと感じてくれているだろうか。上司の梅村課長や、入社以来なにやかやと春彦を指導してくれた同じ課の先輩女性たちもどんな説明を受け、そのことにどういう感想を持っただろう。不審に思って佐々山を追及してくれることを春彦は願ったが、佐々山のことだから舌先三寸でうまく皆を丸め込んでしまったかもしれない。今時、こんなふうに会社に身を売られるだなんて、春彦だって考えたこともなかった。しかし、これは現実だ。

「——どうした、春彦。行くぞ」

呆然と屋敷を見上げている春彦に、ジェラルドがやさしい声で促してくる。本人が最初に言ったとおり、従順にしている限り、ジェラルドは紳士であった。

「は、はい……」

小さく答え、春彦はジェラルドにエスコートされるように歩き出そうとした。いつかのように、またレナートを交えたお仕置きをされてはたまらない。腰を抱かれたまま、春彦は一歩、足を踏み出しかけた。しかし、足を上げたとたん、きーんと耳鳴《みみな》りが聞こえてくる。

腰を抱くジェラルドの腕の力が強くなった。急速に視界が狭《せば》まり、春彦の身体がぐらりと傾ぐ。

「春彦？」

訝《いぶか》しげな呼びかけとほとんど同時に、腰を抱くジェラルドの腕の力が強くなった。

「あ……っ」

地面に倒れなかったのは、ジェラルドがしっかりと支えてくれているおかげだった。

抵抗する間もなく、春彦はジェラルドに抱き上げられた。

「貧血かな。大丈夫か、春彦？」

心配そうに訊いてくる声が近い。眩暈にぎゅっと瞑っていた目を、春彦はゆるゆると開いた。

ぼんやりとジェラルドを見つめ、やや遅れて、あまりにも近くに顔が見えることに気づく。

「ジェ、ジェラルド……下ろしてください」

女性を抱くように抱き上げられている状態に、春彦は慌てた。

軽く頭を振って視界をはっきりさせる。もうさっきのように耳鳴りは聞こえない。頭がぐらぐらする感覚も消えていた。ほんの一瞬の眩暈だったのだろう。頭がはっきりすると、人目が気になりだす。

レナート相手には今更だが、出迎えてくれた屋敷の使用人の前で抱き上げられるのは恥ずかしかった。

身を縮めて頼んでくる春彦に、ジェラルドがうっすらと笑う。下ろすつもりがないと、明らかにわかる微笑だった。

「だめだ、春彦。少し機内で遊びすぎたかな？」

含み笑う声には淫靡《いんび》な色合いが交ざっている。日本語でのやり取りが屋敷の使用人にわかるのか不明だったが、甘い口調から、ジェラルドと春彦がどういう関係なのかは明白だった。抱き上げられた格好といい、春彦がなんのためにジェラルドに連れてこられたのか、誤解しようがない。

身の置き所がなく、春彦は俯《うつむ》き、唇を嚙みしめた。再度下ろしてくれと言ってはいけない分別くらいはある。散々ジェラルドに教え込まれたのだ。押し黙った春彦に、ジェラルドが満足そうに頷く。

「いい子だ。部屋までこうして運んでやろう。長い移動で春彦も疲れただろう」

「……はい」

移動の間、折を見て悪戯されなければ、こんな情けない貧血など起こさなかった。

出迎えてくれた使用人が玄関のドアを開けてくれる。レナートと同じく、彼も内心の感情を窺わせず、淡々としている。それがいっそう、春彦をいたたまれなくさせた。そう思うが、逆らえない。

まっとうに仕事をして、まっとうに暮らしていたはずなのに、今の自分はまっとうとは程遠い場所に来てしまっている。ジェラルドは春彦のことを『お気に入り』だと言ったが、それがどの程度の感情なのか春彦にはわからなかった。生き物のお気に入りは初めてだ、という言い方から、自分が人間扱いされていないことがわかる。アパートを引き払うに当たって、家財道具を勝手に処分されなかったことは感謝しているが、身体を使った接待をさせられた挙げ句、アメリカにまで強引に連れてこられたのでは、ジェラルドにいい感情を抱きようがなかった。

しかも、柔らかな女性の身体より先に逞しい男との行為を知ってしまった自分は、この先、女性とまともな恋愛ができるチャンスがあるだろうか不安になる。いつになったら、日本に帰してもらえるのだろう。

　恥ずかしさをこらえてジェラルドに抱き運ばれながら、春彦は先の見えない不安に慄《おのの》いていた。


「さあ、ここが寝室だ。夜までぐっすり眠るといい」

　ジェラルドが春彦を大きなベッドの上に下ろした。キングサイズというものだろうか。春彦一人で使うようなサイズではない。横たわった春彦の枕元に腰を下ろし、ジェラルドが簡単に説明してくる。

「向かって左側が、春彦の部屋だ。あとでレナートに相談して、好きなように模様替えするといい。右側のドアはわたしの部屋に通じている。ここは、二人で使う寝室だ」

　言いながら、ジェラルドの眼差しがゆっくりと春彦の全身を観賞する。衣服の下まで視姦《しかん》されているようで、春彦は小さく震えた。

「ふ、二人で……？」

「そうだ。毎晩、可愛がってやる」

　ジェラルドは楽しそうだ。春彦の靴をそっと脱がせてから、唇に軽いキスをしてきた。

「……ぁ」

　舌までは入れない、挨拶のようなキスだった。それでも、春彦の内奥のどこかがとくりと疼く。

　まるでジェラルドに触れられることを悦ぶようなそんな反応を、春彦は嫌悪した。

　ジェラルドとは絶対に理解し合えない。人をペットかなにかのように扱う男を、春彦は好ましいなんて思えない。それなのに、身体ばかりが慣らされて、触れられるたびに春彦の意思を無視した反応を返してしまう。不安と恐怖と嫌悪がない交ぜになって、春彦を苦しめた。

「それじゃあ、春彦。いい子にして、ここで休んでいるんだよ。機内では思うようにできなかったから、今夜たっぷり可愛がってやる」

頬を撫でて、ジェラルドは立ち上がった。おとなしくしている春彦に、かなり機嫌がいいようだ。

――あれだけ散々やっておいて……。

機内でも、二度の挿入を含めて好きなように春彦を扱ったくせに、あれで思うようにできなかったなどとよく言えたものだ。

どちらかといえば淡白で、二十三歳になってもまださしたる経験のない春彦と比べると、ジェラルドは仕事もベッドでの遊びも、どちらも精力的にこなす男だった。抱かれた翌朝など春彦は容易には起きられないのに、朝からすっきりとスーツを着こなし、仕事に向かっている。基本的な体力や気力が春彦とは段違いなのだろう。

春彦に微笑みかけ、ジェラルドが寝室を出て行く。

ドアの閉まる音を確認してから、春彦は深いため息を吐き出した。ころりと身体を横向きに変えて丸くなると、身につけているスーツの腕が目に入る。春彦の持っていた一式一万円強のスーツではなく、なにかよくわからないブランドらしきスーツだった。生地も仕立ても格段に違う。着心地のよさは比較にならなかった。それでも、これを着せる時、ジェラルドは春彦に謝ってきた。

「とりあえずの間に合わせだから、着心地が悪いのは我慢してくれ。アメリカに戻ったら、春彦の好きなブランドのデザイナーを呼び寄せて、すべて作らせる」

すべて作らせるの意味が、オーダーで全部誂《あつら》えるという意味だと、すぐにはわからなかった。

——このスーツで十分着心地がいいのに。

デザイナーを呼び寄せるという発想が、そもそも春彦の想像外だ。買い物は出かけるもので、家に呼ぶものではない。しかし、ジェラルドにとって、家に呼び寄せるのが普通の買い物らしかった。

「……やっていけるのかな、僕」

今いる部屋も、ベッドには天蓋《てんがい》がついているし、壁にかかっている絵も高そうだ。

東京のホテルのスイートもずいぶん立派な部屋だと思ったが、ジェラルドの屋敷はそれ以上の重厚感があった。よく磨《みが》かれた調度品は、使い込んだ年月が味わいとなり、室内にほどよい温かみを作り出していた。生活感というのとはまた少し違う、使う人間を拒絶しない風合だ。

もっとも、まったくの庶民である春彦には少々居心地が悪い。こんなお屋敷で平気で暮らせるような育ちではなかった。そもそも、部屋が広すぎる。

ため息をつき、春彦は室内を見回した。寝ろと言われても落ち着かない。気を静めるために、春彦のものだと言われた部屋を見ておこうと思い立つ。

春彦はベッドから起き上がった。下りようとして、日本のものより若干高いことに気づく。ジェラルドの身長に高さを合わせてあるのか、それともアメリカ仕様ではこれがスタンダードな高さなのか。

ここが日本ではないことがますます感じられて、春彦はしょんぼりと肩を落とした。

貧血はもう治まっている。ジェラルドに言われた左側のドアに、春彦はとぼとぼと向かった。絨毯がふんわりと柔らかい。なにもかもが高価そうで、自分がいていい場所とは思えなかった。

恐る恐る、ノブを回す。なめらかに開いたドアから、春彦は中を覗き込んだ。

「……うわぁ」

思わず声が出る。白とピンクを基調にした華やかな室内に、春彦はあんぐりと口を開けた。まるで女性の部屋のような装飾だ。淡いパステルカラーの部屋に、女性であれば感嘆の声を上げるだろう。

しかし、春彦は男だ。どうしてこんな女性的な部屋を与えられたのか首を捻りかけ、はっとした。ジェラルドの説明を思い出す。右がジェラルドの部屋、左が春彦の部屋。間には寝室が挟まっている。その寝室は共用の寝室で……。

ということはつまり、本来ここは夫婦の妻のほうが使用する部屋なのではないか。

その可能性に、春彦は気づいた。だから、春彦の側の部屋は女性的な部屋になっているのだ。

かあぁっと春彦の頬が朱に染まる。この扱いは、春彦がジェラルドの愛人《おんな》だと、宣言したも同然ではないか。もちろん、春彦が何者なのかこの屋敷に勤める人間は先刻承知しているのだろうが、こうまではっきり部屋で示されてはいたたまれない。

春彦は顔を背け、扉を閉めようとした。だがその目に、不自然なものが映る。

「……え？」

女性的な瀟洒《しょうしゃ》な部屋にあまりにも似合わないそれを、春彦は目を瞬《しばたた》いて見つめた。

「仏壇《ぶつだん》……。なんで」

春彦の亡くなった両親の位牌《いはい》が収められた仏壇が、チェストの上に置かれている。いつの間に、アメリカまで持ってこられたのだろうか。

春彦はふらふらと室内に入った。仏壇は綺麗に磨かれ、花も添えられていた。

「父さん……、母さん……」

春彦の視界が滲む。涙が目に溜まり、春彦は鼻を啜った。なんだか急にほっとしてくる。

ジェラルドは佐々山に春彦の家財道具すべてをアメリカに送るよう命じていたが、届いても物置に入れられるのかと思っていた。まさか、こんなにきちんと置いてもらえるなんて思ってもみなかった。

もしや、他の持ち物もこの部屋にしまわれているのだろうか。

春彦は辺りを見回し、クローゼットらしきものを見つけた。急いで、そこに入ってみる。

しかし、クローゼットには真新しい衣服が入れられているだけで、春彦の持ち物はない。

他の物はどうしたのだろうか、と春彦は部屋の中を見回した。

「――失礼いたします」

そこに、レナートが声をかけてきた。途中、仕事を済ませてきたジェラルドよりも、レナートは一足先に屋敷に戻っていた。長時間のフライトのあとだというのに、休む間もなく働いているようだ。

ジェラルドもそうだが、レナートも、ぐったり萎《しお》れている春彦とは大違いだった。

「あ、あの……、僕の持ち物はどこに……」

春彦はおずおずと問いかけた。手にしたトレーから紅茶を淹れながら、レナートが淡々と答える。

なにを考えているのか、まったくわからない冷静な態度だった。

「別の便で、こちらに向かっております。ただ、そちらのものだけは宗教的に重要なものだとお聞きしましたので、ジェラルド様のご指示で一緒の便で運ばせていただきました。中のものは、春彦様のご自宅にあったとおりに並べさせていただきましたが、よろしかったでしょうか」

「はい……はい、大丈夫です。ありがとうございます」

宗教的に重要と言われると、そんなふうに意識したことがなかったのでぴんとこないが、両親の位牌が大事なものであることはたしかだ。

「これから毎朝、炊《た》き立てのご飯とお茶を運ばせていただきます。他にご入り用のものがございましたら、わたくしにお申し付けください」

「それも、ジェラルドの指示で……？」

「はい、さようでございます。仏教に関しては不勉強で至らぬ点があると思いますが、お許しくださいませ」

レナートが丁寧に頭を下げる。春彦は呆然としてレナートと、それから仏壇を見つめた。

『生き物は初めてだから、傷つけないように可愛がれるか、心配だよ』

ホテルでジェラルドが佐々山に言っていた言葉が蘇る。

傷つけないように可愛がる。その言葉の意味はこういうことだったのかと、春彦は驚いていた。

ジェラルドがきちんとした気遣いをしてくれることも、意外だった。まったく話の噛み合わない相手だと思っていたのに、こんな配慮をしてくれるなんて驚きだ。位牌に父や母のなにかがこもっているとはさすがに春彦も信じていないが、それでも物置で埃《ほこり》を被るのではなく、こうして一緒の部屋に置いてもらえると嬉しかった。父や母を大事にしてもらったような、そんな気持ちになる。

「ジェラルドが……」

仏壇を撫でながら呟く春彦に、レナートが続ける。

「当座のお着替え分として、クローゼットに春彦様の服を入れておきました。お好きなものをお召しください。きちんとした衣服はすぐに調えますので、しばらくはこちらでご辛抱《しんぼう》くださいませ」

「当座の着替えですか？　あんなにたくさん……」

さっき覗いたクローゼットには下着からカジュアルな装い、スーツまで様々に揃えられていた。

あれで『当座のもの』だなんて、信じられない。

「正式に採寸した衣服が調いましたら処分いたします」

「処分って……え？　あれで十分です。僕にはもったいないくらいです」

春彦は慌てて手を振る。一見しただけで質の良さがわかる衣類を処分するなど考えられなかった。

しかし、レナートは即座に否定する。

「ジェラルド様のご命令です。春彦様には最高のものを誂えるようにとの仰《おお》せでございました。ご都合がよろしければ、早急にデザイナーをお呼びいたします。お好みをお教えくださいませ」

「好みって……。でも、今あるもので僕には十分です。なにも処分しなくても……」

「お好きなブランドはございますか、春彦様」

春彦の反駁《はんばく》をレナートはあっさりと無視し、好みを聞いてくる。肝心なところで話が通じなくなるのは、ジェラルドとそっくりだった。

「これで十分です、本当に」

どうしたら思いとどまってくれるのだろう。春彦は必死に断ろうとした。今、クローゼットに入っているものだって、春彦の給料ではとても買えないような代物《しろもの》に決まっている。それを、採寸したものが出来上がったら処分するだなんてもったいなさすぎる。仏壇のことといい、ジェラルドが春彦をどうしたいのか、春彦にはわからなかった。一時《いっとき》気に入った、ただのペットではないのか。それともこれも、『傷つけないように可愛がる』の一環なのだろうか。

「お好きなブランドをどうぞ、春彦様」

「ブランドなんて……そんなの知らないよ。それより、今あるもので僕は十分だってジェラルドに言ってください。こんなにされる筋合いなんてありません」

「それでは、ジェラルド様と相談して春彦様に似合いのブランドをご用意いたします」

「ちょっ……レナート！」

ジェラルドにとって必要な部分しか、レナートは聞かない。必要ないと言っているのに、春彦の意見は端《はな》から聞く気がないようだった。

衣服の件を片付けると、レナートは淹れ終わった紅茶を室内の小テーブルに置き、春彦に一礼して、部屋を出て行ってしまう。春彦は困惑のため息をついた。

――傷つけないように可愛がる。

その言葉の軽さとは正反対の、丁重な扱いだ。与えられた部屋もジェラルドとの続き部屋だったし、一番大事な両親の位牌も部屋に置いてくれている。着るものもオーダーの特注品で揃えるならば、他のものだってレナートの言ったとおり、最高のものが揃えられるのだろう。たかが一時の気まぐれの愛人には過ぎた扱いだ。それとも、レナートにとってはこれが普通なのだろうか。

「わけがわからないよ……」

春彦の言葉もまったく聞いてもくれず、好きなように乱暴してきたのに、こんなふうに気遣いを示されると頭が混乱してしまう。

春彦は眼差しを床に落とし、ソファに浅く腰かけた。ローズピンクの生地に薔薇《ばら》が薄く透《す》かし模様で入っているソファはいかにも女性のものらしく、もしかしたら、ジェラルドの母親が使っていたものかもしれなかった。そういえば、ジェラルドの家族はどこにいるのだろう。ここに一緒に住んでいるのか、それとも違う場所にいるのか。ジェラルドの両親や兄弟はいるのか、いないのか。もし健在なら、春彦の存在を嫌うのではないか。そんなことが気になった。

レナートの淹れてくれたハーブ入りの紅茶を、春彦は息を吹きかけて冷ましながら口に含んだ。香りは甘いが、味には甘味はついていない。

今座っている華やかな色合いのソファに、瀟洒なライティングデスク、アクセントのように置かれたチェスト、部屋の隅の小テーブルには花が飾られている。高価そうな調度品に、春彦のアパートの部屋が六つは入りそうな広い部屋で、ますます落ち着かない気持ちになる。

紅茶を飲み終わったら、ジェラルドの言うとおりベッドに潜り込んで目を瞑ろう。そうしたら、きっと眠くなるはずだ。不安や恐れは抱えきれないくらいあるが、長時間のフライトとジェラルドの悪戯で、春彦の身体は疲労していた。目を瞑ってしまえば、眠れるはずだ。

その前に着替えたほうがいいだろう。春彦は恐る恐るクローゼットに向かった。スーツにネクタイは寛げる格好とは言いがたい。眠るなら、パジャマのほうがリラックスできる。

あちこちの引き出しを開けてパジャマを探し出し、春彦は着替えた。

とぼとぼと寝室に向かう。キングサイズのベッドに上がり、春彦は身体を丸めて目を閉じた。

しかし、疲れているはずなのに、どうにも眠れない。寝返りを打ってなんとか気持ちを落ち着けようとするが、慣れない部屋というのもあるし、自分の住んでいたアパートとの違いも大きすぎて、容易に寝付けなかった。私室もそうだが、寝室も広すぎるし、春彦には贅沢すぎた。

もっと狭い場所のほうが落ち着く気がする。どこか、そんなところがあればいいのに。

春彦は転々と寝返りを打ち、爪を噛んだ。夜にはまたジェラルドに求められるのだから、今のうちに身体を休めておかなくては体力がもたない。わかっているのに、眠れない。

一時間ばかりそうして、結局耐え切れず、春彦は起き上がった。

「だめだ。どっか狭いところを探そう」

なんだか動悸《どうき》までしてきた。春彦はブランケットと枕を手に、床に下りた。そっと、廊下側のドアを開ける。この部屋から出てもいいものかどうか迷ったが、眠れないほうがつらかった。

しかし、忍び出ようとした身体が慌てて逃げ出す。廊下に、メイドらしい人影が見えたのだ。勝手に寝室から出たら、メイドに咎められるかもしれない。

ジェラルドの屋敷でどう振る舞ったらよいのかわからない春彦は、もうそれだけで廊下に出る気力が失せてしまう。ジェラルドはあのベッドで眠れと言ったのだから、違う場所になど行ったらまたお仕置きの対象になってしまうかもしれない。今度はレナートだけでなく、使用人たちの前でいやらしいことをされるかもしれなかった。これ以上、自分の恥ずかしい格好を他人に見られたくない。

急いで閉めた扉を背に、春彦は激しく乱れる心臓を押さえた。やっぱり、あのベッドでなければいけないのだ。

しかし、眠れない。どこか狭い、春彦が落ち着ける空間があればいいのだが――。

「……そうだ」

ふと思いつき、春彦は呟いた。なにも他の部屋に行かなくても、狭い空間ならあるではないか。

思いついた名案に、ふっと肩の力が抜ける。

クローゼットだ。春彦のものとされた部屋のクローゼットは、ちょうど春彦が住んだアパートの部屋くらいの狭さだった。日本風に言えば、六畳一間だ。

「あそこに行こう」

そこならば、きっと落ち着ける。春彦にはちょうどいい狭さだった。

ブランケットと枕を胸に抱きしめ、春彦は私室のクローゼットに向かった。

そっと扉を開け、中に入ると、壁がすぐ近くに見える。春彦の頬に、思わず笑みが浮かび上がる。

春彦にとって頃合いのこぢんまりとした空間だ。いそいそと壁際に近づき、そこに寝転んだ。

「はぁ……落ち着く」

壁に背中をくっつけるようにして寝転がると、深い吐息が零れ落ちた。フローリングの床が硬いのも気にならない。

ようやく安心して、春彦は目を閉じた。

数時間後、夕食にはまだ少し早い時刻に、ジェラルドは戻ってきた。アメリカでの、春彦との記念すべき最初の夜は、できるだけ一緒に過ごしたいと思ったからだ。

そういえば、五時には仕事を終わらせて帰ると告げた時のナッシュの表情がおかしかった。馬鹿みたいに口を開け、本気で驚いた顔をしていた。

正直に言えば、ジェラルド自身も驚きだった。情人のために早めに仕事を切り上げるなど、かつて一度たりともやったことはない。ジェラルドが合わせるのでなく、ジェラルドの都合に合わさせるのが今までのやり方だった。やはりそれだけ、春彦は特別なのだろう。なんといってもお気に入りだ。

もともとセックスは嫌いではないが、春彦を見ていると必要以上に手を出したくなってしまう。

身体の相性がすこぶるいいのかもしれない。春彦の後孔に雄を挿入するのも最高だが、その前の愛撫の段階から、春彦はジェラルドをそそってやまなかった。泣きそうな顔をして、必死に声を嚙み殺しながら喘ぐのがたまらなくよかった。もっといい声で鳴かせたくなる。

ジェラルドに花芯を舐められて、ひくひくと下肢を震わせている春彦がどれだけ男を誘う色香を放っているか、あの恥ずかしがり屋の青年にはわからないだろう。全身をジェラルドの与える快楽に喘がせながら、真っ赤になっていやがる様はひどくジェラルドの情動を刺激する。

ジェラルドの大嫌いな「いや」という言葉を、あれほど甘美《かんび》に口にできる人間はいなかった。

スポーツの一環としてのセックスしか知らなかったジェラルドにとって、春彦との行為は素晴らしく新鮮で、深い悦びを感じさせた。だからこそ、春彦を壊してしまわないよう、大事に大事に可愛がらなくてはならない。あれは得がたい玩具だと、ジェラルドは認識していた。だが、今までのお気に入りと違って生き物だから、なおさら注意が必要だった。

『お帰りなさいませ、ジェラルド様』

屋敷に着くと、レナートがいつものように出迎えてくる。すでに、日本にいた間の屋敷内の様子を把握し、すべてジェラルドのよいように手配しているだろうレナートは、仕事面での秘書のナッシュと並んで、ジェラルドにはなくてはならない存在だった。

今時そんなことが、と驚かれるかもしれないが、レナートの父も祖父もハートリー家に代々仕えてきた間柄であった。レナートもその流れを受け、少年の頃からジェラルドに付き従っている。優秀だったレナートを惜しみ、ジェラルドはハートリー家から離れることを提案したこともあったが、レナート自身が選択して、ジェラルドの身の回りの世話をする役を引き受けていた。ジェラルドが所有する数多くの屋敷や別荘、それぞれの住まいの使用人たちの監督もする役割はレナート以外には務まらない。ジェラルドの数多い情人たちのことも、当然レナートは把握していた。それだけに、春彦に対する扱いの違いはよくわかっているだろう。

ジェラルドは今まで、本邸に情人を住まわせたことはない。だいたいマンハッタンのアッパー・イースト辺りにペントハウスを与え、そこで情事に興《きょう》じるのがジェラルドのやり方だった。

『春彦はどうしている』

階段に向かいながら、レナートは手短に訊ねる。

『お部屋で休んでおられます』

『そうか』

答える口元が楽しげに緩む。ずっと休んでいたのなら、今夜はたっぷり春彦で遊べるということだ。

ホテルの廊下で罰を与えて以来、春彦はすっかり従順になっている。快楽で思考が飛んでいる時は反射的に「いや」と口走るが、それ以外はジェラルドに逆らわなくなっていた。

泣きそうな顔でジェラルドを見つめてくるとさすがに憐憫《れんびん》を感じないわけではないが、躾は最初が肝心だった。春彦には、自分が誰のものなのか、ちゃんと覚えさせてやらなくてはならない。

レナートに頷き、ジェラルドは足早に階段を上がった。寝入っている春彦を起こすのも楽しい仕事だ。ぐずりながら眠りを手放すまいとする春彦は、たまらなく可愛かった。

弾む足取りで、ジェラルドは寝室のドアを開けた。そっとベッドに近づき、声をかける。

「春彦。……？」

しかし、甘く囁いた言葉に、軽い疑問符が交じる。手探りしたベッドに、人の気配が感じられなかった。どういうことだと眉をひそめ、ジェラルドは部屋の灯りを点けた。

ベッドを振り返り、ジェラルドの渋面《じゅうめん》が深くなる。ベッドの上に、春彦の身体がないのだ。

まさか、ここから逃げたとでもいうのか。

いや、そんなことはできないはずだ。レナートの目をすり抜けて屋敷から出ることは不可能だし、春彦のパスポートもレナートが保管している。

日本でならばいざ知らず、アメリカでパスポートも金もなく、春彦が逃げられるわけがなかった。

寝室を一渡り見回し、続いて春彦に与えた部屋に足を向ける。模様替えをしていない部屋は女性的な甘い装飾のままだったが、そこにも春彦の姿は見えなかった。

『レナート、春彦はどこにいる！』

言葉を英語に変え、ジェラルドは苛立《いらだ》たしげに忠実《ちゅうじつ》なレナートを呼んだ。春彦がここから逃げられるわけがないと思うと同時に、もしも逃げていたらと心が急《せ》いだ。春彦はジェラルドのお気に入りだ。もっとも長く愛好している熊《くま》の柄のついたブランケットのように、長く可愛がる予定のお気に入りだった。絶対に逃がしはしない。

怒りを帯《お》びたジェラルドの呼びかけに、レナートが階段を駆け上がってくる。

『どうかなさいましたか、ジェラルド様』

常にないジェラルドの怒りを感じ取ったレナートの翠眼《すいがん》が、憂慮に色を濃くしていた。透明感のある翠が、濃い深緑に変わっている。レナートの翠眼は、彼の内心を表す唯一の窓になっていた。

『春彦がいない。どこに行った』

『春彦様が？　そんなまさか……』

意外そうなレナートに、ジェラルドは舌打ちする。

『春彦が部屋を出たことに気づかなかったのか、レナート。おまえらしくない。――とにかく、春彦を捜せ。必ず見つけるんだ』

もしも逃げようとしたのなら、今までで一番の罰を与えてやる。いっそのこと片方の乳首にピアスを開け、ジェラルドの所有と刻印した認識票をつけてやろうか。春彦が望むならどんな贅沢でもさせてやるのに、この期に及んでまだ逃げたいのなら、いっそう厳しく躾《しつ》けるべきだった。

『かしこまりました』

レナートは一礼し、屋敷内の使用人を集め出す。くまなく内部を捜索するよう指示を出した。

ジェラルドもじっとしていられず、屋敷内をあちこち捜し歩いた。ピアノの置いてあるサロン、リビング、客用寝室、ダイニング、朝食を食べるための小部屋、いくつかあるトイレ、浴室も覗いた。

それでも春彦は見つからず、キッチンや住み込みの使用人の部屋まで捜索する。

しかし、春彦の姿はまったく見当たらない。

『まさか、屋敷の外に出てしまったのか……』

呟くジェラルドに、レナートが疑念を口にする。

『ベッドの側に、春彦様の靴がございました。屋敷を出て行くにしろ、裸足でということはないと思われます』

『靴が？』

レナートの指摘に、ジェラルドは確認するべく寝室に戻った。レナートの言うとおり、春彦の靴はジェラルドが脱がせたまま、ベッドの横に置かれている。たしかに、目の前に靴があるのに、春彦が裸足で逃げ出したとは考えられなかった。ならば、春彦はいったいどこに消えてしまったのだろう。

『お茶を下げにまいりました時、春彦様のスーツが私室のソファに畳《たた》まれてありました。てっきりパジャマにお着替えになったのかと思ったのですが……』

さすがにレナートにも焦りの色が浮かんで見えた。ジェラルドの特別な情人を逃がすなど、あってはならない失態だった。

『その時、春彦の姿を確認したのか？』

ジェラルドは口早に問いかける。春彦を見つけるための、ほんの少しのヒントでもいいから欲しかった。

レナートは沈鬱《ちんうつ》な表情で首を振った。

『いえ……。お休みのところを邪魔してはいけないと思い、確認しませんでした。わたしのミスです。申し訳ありません、ジェラルド様』

ジェラルドは苛立たしげに腕を組む。

『ならば、その時点から春彦は消えていた可能性もあるな。スーツから着替えたというのなら、どんな服を着たのかクローゼットを確認しよう。春彦がなにを選んだのか、わかるな？』

『はい。実物は見ておりませんが、春彦様のものはわたしが指示して揃えさせました。すべて把握しております』

レナートの頭の中には、ジェラルドの持ち物すべてが記憶されている。春彦のものもすべて、ジェラルドの一部として、レナートの中で整理されていた。

寝室から春彦の私室へ、二人は場所を移動した。気が急いているジェラルドは、足早にクローゼットに歩み寄る。生き物では初めてのお気に入りを、ジェラルドは逃す気はなかった。春彦はジェラルドのものだ。

大きな音を立てて、ジェラルドはクローゼットの扉を開けた。

『春彦がなにを着たのか、急いで調べ……………………春彦？』

レナートに命じかけたジェラルドの言葉が、中途で途切れる。大きく見開いた眼差しで、ジェラルドはクローゼットの床を凝視していた。

『……春彦様？』

唖然としたレナートの声が続いた。

驚くのも道理だろう。二人の見つめる先で、春彦が気持ちよさそうに眠っていたのだ。フローリングの床に枕を置き、ブランケットを身体に巻きつけて寝入っている。

『なんでこんなところで……』

ジェラルドも呆然としていた。とうとう春彦が逃亡に成功したのかと、散々屋敷中を捜索していたのに、当の春彦がクローゼットの中で眠っているなど、予想だにしない。

しかし、なぜクローゼットなのだ。

驚きのあと、猛然《もうぜん》とした怒りがジェラルドの中で湧き上がった。無邪気に寝ている春彦のために、ジェラルドがどれだけ心配したのか。屋敷中を捜し回ったせいで、十月だというのにスーツが汗で湿っている。ジェラルドをこんなにも焦らせた春彦に、怒りがかきたてられた。

今までのお気に入りと違い、足のついているお気に入りには一瞬たりとも油断できない。

つかつかと歩み寄ると、ジェラルドは眠っている春彦を乱暴に抱き起こした。

「春彦、起きろ！」

怒鳴ると、春彦がびくりと身体を震わせ、目を開く。頭上のジェラルドをぼんやりと見つめ、無邪気に黒い目を瞬いた。

「ジェラルド……？」

不思議そうな様子は、二十三歳の青年というよりミドルスクール年齢の子供のようだ。なぜ、自分が怒鳴られるのか、まったくわかっていないようだった。

「なに？　もう夜……？」

眠そうに目元を擦る。何度か瞬《まばた》きし、春彦がジェラルドをじっと見上げてきた。

「おかえりなさい。もう夜なんだ」

そう言って、無意識なのだろう。ジェラルドの胸に顔を擦りつけてくる。まだ眠いのか、寝ぼけているのかもしれない。緊迫感のない春彦の仕草に、ジェラルドの怒りがなぜか少しずつ静まってくる。寝ぼけているだけかもしれないが、懐《なつ》いてくる春彦がどうしようもなく可愛かった。

「――どうしてこんなところで寝ているんだ、春彦。ベッドがあるだろう？」

自然と、落ち着いた声が出てくる。逃げていないのはよかったが、ベッドではなくクローゼットの中で休むのは不審だった。そもそも、きちんとベッドで休んでいてくれれば、こんなにも捜し回ることはなかったのだ。

ジェラルドの問いかけに、春彦が小さく呻く。覚醒を促すように頭を軽く振り、それで目が覚めてきたのか、腕の中の身体が緊張した。離れたいのか、ジェラルドの胸を押してくる。放すまいと、ジェラルドは強く春彦を抱きしめた。

「ジェ、ジェラルド……」

羞恥のこもった呼びかけに、ジェラルドは春彦がすっかり目覚めたことを知った。逃げるなど、許さない。抱きしめる腕を強くし、屋敷に入った時同様、春彦を抱き上げた。女性にするような抱き上げ方に、春彦の頬がうっすらと赤く染まる。

「あの……、下ろして……ください……。自分で歩けます」

「だめだ。どうしてこんなところで眠っていたんだ？」

抱き上げてクローゼットから出ると、レナートが春彦の枕とブランケットを片付ける。レナートの存在を恥ずかしそうにちらりと見てから、春彦はジェラルドの疑問に答えを返してきた。

「あの……広すぎて」

「広い？」

理解できない答えに、ジェラルドは腕の中の春彦を見つめた。春彦の顔がますます赤くなり、視線がジェラルドから逸れる。何度か口を開いては閉じ、春彦はぽそぽそと呟いた。

「部屋もベッドも広すぎて……落ち着かなくて。クローゼットが一番安心できたんです」

「広すぎて落ち着かない？」

ジェラルドには不思議な答えだった。不審そうなジェラルドに、春彦が訥々《とつとつ》とした口調で説明する。眉間《みけん》に皺が寄っていて、部屋の広さは春彦にとって深刻な問題のようだった。

「僕の家はあのクローゼットくらいの大きさの部屋だったし、置いてある家具とかもこんな立派なものじゃなかったし、なんか……狭いところのほうがほっとするんです」

「ふ、ん。一昔前は、日本人は兎小屋に住んでいるなどと言われたものだが、好んで狭い家で暮らしていたのか」

ジェラルドは首を傾げる。広いところだと落ち着けないというのが春彦の個人的嗜好《しこう》なのか、それとも日本人の民族的嗜好なのかはわからないが、おどおどとした眼差しが春彦の内心の怯えを雄弁に物語っていた。

しかし、困ったものだった。狭くて文句を言われることはあっても、広いのがいやだと言われるとは思ってもみなかった。もしや春彦の私室は、春彦の居心地がいいように部屋を分割して小さくしたほうがいいのかもしれない。

「他になにか気に入らないことはないか、春彦」

ジェラルドは穏やかに問いかけた。春彦を長く可愛がるためにも、できるだけ居心地のいい部屋を用意してやりたいと思った。なにしろ春彦は生き物なのだ。今までの道具のお気に入り以上に、環境が重要だ。怒りを見せないジェラルドに勇気を得たのだろう。春彦が続いて口を開く。

「それなら、あの……着るもののことなんですけど……あの、今あるもので十分なので、新しい服は作らないでください」

「今あるもので十分？　そんなことはないだろう、春彦」

春彦の要求に、ジェラルドは驚いた。クローゼットにあるのは、当座の間に合わせに揃えさせたものだ。既製服だから春彦にぴったりというわけにはいかない。そんな着心地の悪いものを、ジェラルドは大事なお気に入りに着せるつもりはなかった。軽い笑い声を上げて、春彦をいなす。

「可愛い春彦を着飾らせるのも、わたしの楽しみだ。服の次は時計、ネクタイピン、カフスボタン。揃えるものはまだまだたくさんある。春彦にはどんな宝石《いし》が似合うかな」

「そんな、困ります。普通のもので十分です。宝石だなんて……本当に困ります」

困惑した顔には、本物の混乱が刻まれていた。ジェラルドの贈り物を困るという人間は、初めてだ。むしろ、あれも欲しいこれも欲しいという人間のほうが多い。ホテルで謝礼の話をした時にも春彦は困ったように断ってきたが、ポーズではなく本当に、高価な贈り物に困惑しているようだった。

「──わたしが贈りたいと言っているのに、断るのか？」

不思議な気持ちで、ジェラルドは訊ねた。春彦の眉がハの字に垂《た》れ、弱りきった様子でジェラルドを見上げてきた。

「だって……あまりにも分不相応で、もらっても困ります。あなたがなんで僕にお金をかけるのかわからない。あなたにとって、僕はペットなのでしょう？」

「馬鹿だな」

苦笑し、ジェラルドは春彦の唇にそっとキスを落とした。軽く啄み、やさしく離れる。

拗《す》ねたような春彦が可愛らしかった。

「お気に入りだと言っただろう、春彦。わたしはめったにお気に入りができないんだ。教えてやろう。──レナート、わたしのお気に入りを部屋まで持ってきてくれ」

レナートに命じてから、抱き上げている春彦を、ジェラルドは自室に運んだ。寝室を通り抜けて、春彦の部屋とは反対側の部屋に入る。女性的な春彦の部屋と違って、青を基調としたジェラルドの私室は渋い色合いでまとめられていた。

ブルーグレーの生地で作られたソファに、春彦を静かに下ろす。それから机に向かい、万年筆を持ってきた。春彦の隣に腰を下ろし、ジェラルドはそれを見せた。

「これは、十歳の誕生日に姉がくれたもので、それ以来ずっと愛用している。それから――」

ポケットに手を入れ、ジェラルドは懐中時計を取り出した。

「これは、二十歳の誕生日に祖父からもらったものだ。子供の頃から欲しい欲しいと言い続けて、根負けした祖父が譲ってくれたんだよ。これもわたしのお気に入りだ」

祖父が若い頃から使っていた懐中時計は、使い込んだせいで細かい傷がついている。

春彦は驚いた様子で、ジェラルドのお気に入りを見つめていた。

「大切なもの、なんですね」

ジェラルドの掌に載っている懐中時計をそっと撫で、春彦が呟く。ジェラルドは大きく頷いた。

「そうだ。わたしにとってお気に入りは特別なんだ。春彦を含めて、わたしのお気に入りは五つしかない」

「五つ？　それだけなんですか？」

意外そうに目を見開いた春彦が、ジェラルドをまじまじと見つめている。春彦はどれだけのお気に入りがあると思っていたのだろうか。ジェラルドは小さく笑みを浮かべた。

ノックの音が聞こえ、レナートが残り二つのお気に入りを持参して入ってくる。

可愛らしい熊のイラストがプリントされたブランケットに、春彦がぽかんと口を開いている。

ジェラルドはレナートが持ってきたブランケットを、春彦の膝に置いた。

「これは、わたしが幼児の頃からのお気に入りだ。それから、こっちのマグカップは十二歳の時から目のお気に入り。今までわたしがお気に入りにしたもので、途中で飽《あ》きたものはひとつもない。五つ目のお気に入りが春彦だ」

「五つ目のお気に入り……」

ジェラルドのお気に入りたちを見つめながら、春彦が呟く。ただの情人とお気に入りが違うということが、春彦に伝わっただろうか。自分が特別な位置にいるのだと、春彦に理解してもらいたかった。

「でも……」

困ったように、春彦が言葉を途切らせる。あちこちさまよう視線が、春彦の困惑を示していた。

ジェラルドは春彦の腰に腕を回す。艶《つや》やかな黒髪に口づけを落とし、囁いた。

「それでも、贈り物を受け取るのはいやか？　ずっと大切にするから、わたしの差し出す贅沢を春彦も楽しむといい」

「ずっと、って……でも」

俯く春彦の眼差しが、どこか苦しげだった。なにをそんなに苦しんでいるのだろう。

ジェラルドは何度も、春彦の髪にキスを落とした。お気に入りの心のケアも、持ち主の役目だ。

「……でも、物と違って人間は年々歳をとってしまう。ずっとなんてあるわけがない」

「わたしが信用できない？」

呻くような呟きに、ジェラルドは即座に聞き返す。ジェラルドに「いや」と言うのも、ジェラルドの言葉をあっさり信用しないのも、春彦が初めてだった。それとも、春彦は歳をとって放り出されることを恐れているのだろうか。その可能性はある。

春彦の恐れを理解できたと、ジェラルドは思った。不安があるのならば、取り除いてやればいい。

「契約を交わそう、春彦。それなら、春彦ももう心配ないだろう？」

「契約……？」

戸惑った様子で、春彦がジェラルドを仰ぎ見る。欲のない春彦の鼻の頭に、ジェラルドは軽くキスをした。

「もしもわたしが春彦に飽きることがあったら、春彦にしかるべき手当金を払うという契約だ。結婚をする時に取り決める、離婚時の契約書と同じものを春彦のために用意しよう。もっとも、わたしは飽きるとは思えないがな」

だからこそ、お気に入りは特別なのだ。

春彦がため息をつく。少しも晴れ晴れとは聞こえないそのため息を、ジェラルドは不思議な気持ちで聞いていた。春彦の中には、ジェラルドの理解できない不思議が住んでいる。今の、どこか苦々しいため息もそうだった。春彦の苦悩を理解できたと思ったのに、するりと手の内をすり抜けていく。どうしたらもっと春彦を繋ぎとめておけるのだろう。それを考えるのは、なぜか楽しかった。

「おいで、春彦。わたしの一番新しいお気に入り」

春彦を抱き上げ、自分と向かい合わせになるように膝に乗せる。抱きしめた身体の体温を、ジェラルドはゆっくりと味わった。春彦は大事な大事なお気に入りだった。

六.

一千万ドルの慰謝料に、毎年百万ドルの手当。日本での住居、春彦の望む場所への別荘、愛人生活の間にジェラルドに贈られたものすべて、それに加えて車、専用ジェット、専用クルーザーなどなどなどなど。

約束どおりジェラルドが作ってくれた契約書には、別れる際に春彦に与えられるものがずらずらと羅列されていた。こんなにたくさんのものはいらない、と春彦は抗議したが、ジェラルドには通じない。快適な暮らしをするためには、最低限これくらいはないとだめだと言い張られ、結局押し切られた。

――これだけないと快適な暮らしができないって……。

春彦にはもはや理解不能な世界だ。その上、広すぎて落ち着けない春彦のために、春彦の私室を幾つかの部屋に分割しようとまでしてくれた。もっともこちらは、せっかくの屋敷にそんなリフォームをされては、春彦の神経がもたない。懸命に頼み込んでなんとか諦めてもらった。

ジェラルド・ハートリーという男は、まったくわけのわからない男だった。強引に春彦をアメリカにまで連れてきたかと思えば、春彦のために屋敷に妙なリフォームを施そうとしたり、ありとあらゆる高価な贈り物を春彦に贈ったり、いったい春彦になにをしたいのかさっぱりわからない。

春彦の健康にも責任があると思っているのか、医師に検診までさせている。当然、歯の治療もさせられた。虫歯が数本あったが、丁寧な治療のおかげで今は問題ない。

ジェラルドの目当ては春彦の身体だけのはずなのに、扱いはまるで恋人のようだ。それとも、お気に入りというのはそういう意味なのだろうか。

「でもなぁ、『生き物』だなんて言うし……」

ソファの上で膝を抱えて、春彦は呟いた。目の前のテーブルには、緑茶とイチゴ大福《だいふく》が載っている。

お抱えシェフのいるジェラルド邸での食事は、基本的にフランス料理がメインだったが、毎日続くフレンチのコースに春彦が胃もたれを起こし、以来、折《おり》に触れて日本料理が出るようになっていた。今までのシェフに加え、あらたに日本食を作る料理人も雇い入れたようだった。

出されたイチゴ大福を、ぱくりと頬張る。

「……う〜ん」

悔しいことに、今まで春彦が食べたことのない美味しさだ。コンビニで売っているイチゴ大福で十分満足できていたのに、こんな贅沢を覚えさせられたらもう二度とコンビニのイチゴ大福を食べたいとは思えなくなる。何日か前にどうしてもお茶漬けが食べたくなり、インスタントのお茶漬けを思い浮かべていた春彦に、鮭《さけ》と刻んだ海苔《のり》、三つ葉を上品にあしらったお茶漬けを出してきたのも、ジェラルドがあらたに雇った日本食の料理人だった。

生活のランクを上げるのは簡単だが、下げるのは難しいとよく言われるが、実際、贅沢に慣れるのはあっという間だった。いつの間にか、至《いた》れり尽《つ》くせりの待遇を受け入れている自分がいる。

仕事もせず、ジェラルドに抱かれ、ジェラルドが与える快適な暮らしを送っている春彦は、自分がどんどんだめな人間になっていく気がしていた。人間、楽なほうに慣れるのは本当に早い。ジェラルドとの関係で心配だったのは自分の性的嗜好だけだったのに、今では生活のすべてがその対象だった。

こんな贅沢に慣れてしまったら、絶対に元の暮らしに戻れなくなる。それだけは避けたかった。この生活は、春彦自身の能力で手に入れたものではないからだ。

それに、ジェラルドは春彦をとても大事にしてくれているが、その気持ちが永続的なものだと春彦は信じていなかった。ジェラルドのお気に入りのうち、四つまでは生き物でなく道具なので、長くお気に入りでいられるだろう。だが、春彦は生き物だった。姿形が年月に応じて刻々と変化していく。遠からず、ジェラルドの好みから外れるのは確実だった。だいたい大事にしてくれるといってもそれはあくまでもジェラルドの視点からであって、春彦の望みとは微妙にずれている。どんなに大事にされ、春彦が気分よく過ごせるように気遣ってもらっても、所詮春彦は体《てい》のいい愛玩物だった。

ちゃんと仕事をして得た正当な報酬《ほうしゅう》で、分相応な生活をするのが春彦の望みであって、富豪の愛人になって贅沢な暮らしをするのとは違う。遊んで暮らせる優雅な身分だと、安穏《あんのん》としていられる性分ではなかった。そんな春彦でも、与えられる贅沢にどんどん身体が馴染んでいく。いけないと思っていても、楽なほうに流されるのを止められない。毎日六時半には起床して、八時には出社していた生活が、今でははるか昔に思えた。

残りのイチゴ大福を口に入れながら、春彦はしょんぼりと俯いた。

――早く日本に帰って、元の生活に戻りたいよ。

ぼやく言葉は声にならない。口に出してしまったら、もっと日本が恋しくなる気がする。

「どうせすぐに飽きるに決まってる……」

代わりに出てきたのは、別の言葉だった。おとなしくしている限りジェラルドはやさしくて、春彦を屋敷に閉じ込めるだけでなく、いろいろなところに連れて行ってもくれる。アメリカは初めての春彦にブロードウェイでミュージカルを見せてくれたり、メトロポリタン美術館や、ニューヨーク近代美術館、アメリカ自然史博物館などに連れて行ってくれたり、完璧なエスコートで春彦を楽しませようとしてくれる。

——でも……。

ソファの上で膝を抱え、春彦は爪を嚙んだ。今夜はバレエの公演に連れ出される予定だ。レセプション付きのガラ公演だからと、正装を用意されている。バレエなんてよくわからないし、正装するのも堅苦しい。だいたいそんなもの、結婚式くらいでしか着ない衣装だ。

そうぼやいていても、結局は時間になると、ジェラルドに連れ出されてしまうことになる。

——なんだか七五三みたいだ。

自分でもそう思うのに、ジェラルドはしきりによく似合う、可愛いと言ってくる。

もっとも、気の進まなかったはずのバレエ自体は素晴らしかった。正直、片言の英語しかわからない春彦にとって、先日連れて行かれたミュージカルよりも、踊りだけですべてを表現するバレエのほうが伝わるものがあった。聞き取ろうと緊張しなくてもよい舞台は、自分でも意外なほどリラックスして楽しめた。

だが、その楽しい気分も、レセプションが始まるまでだった。

『あら、ジェラルド、久しぶりね。最近ちっとも顔を見なかったから、どうしたのかと思ってたわ』

レセプション会場に入ったとたん、肩を大胆に出した菫《すみれ》色のドレスを身に着けた女性が、ジェラルドに話しかけてくる。

『ダフネ、相変わらず綺麗だ。今夜のエスコートはどの男だ？』

『ふふ、ネイサンよ。でも、あなたに変えてもいいのよ？』

婀娜《あだ》っぽく微笑みながら、ジェラルドの肩に軽く手をかけてくる。親しげな様子はただの友人とは思えなかった。彼女はジェラルドの恋人だった女性だろうか。まるで女優かモデルのように華やかな美人だ。

ダフネの目が、ジェラルドの陰に隠れている春彦に向けられる。春彦はおどおどと視線を落とした。

ただでさえ場違いなのに、しげしげと見つめられたらますます萎縮《いしゅく》してしまう。

『あら、この子が今度のお相手？　ずいぶん毛色が違うわね』

鼻を鳴らしたダフネは、やや呆れたような口調だ。英語は得意ではないが、彼女が言っているくらいの内容はわかる。毛色が違うというのはつまり、今までのジェラルドの恋人と比べると、春彦がかなり見劣《みおと》りするという意味だろう。きっとそうだ。だから、ダフネもあんな呆れた口調なのだ。

ますます身の置き所がなくて、春彦は小さくなった。隠れられるものならば、ジェラルドの後ろに隠れてしまいたい。だが、ジェラルドは著名人らしく、そこかしこから人々の視線が向けられている。背後に回ろうが、陰に隠れようが、人目を避けられる場所はない。

彼らは春彦の存在に目を留めると一様に軽く目を瞠《みは》り、それからくすりと笑うのだ。自分だけ相応しくない場所にいる。そう思い知らされ、春彦はレセプション会場から逃げ出したかった。

俯いて小さくなっている春彦の肩を、ジェラルドが軽く抱いてくる。

『可愛いだろう。わたしのお気に入りだ』

『ふうん……そうなの。こういう趣味があったなんて知らなかったわ』

ダフネが肩を竦める。だが、ジェラルドの相手が春彦では納得できないと、表情でも口調でも春彦に伝わってくる。

それからも、ジェラルドには次々に声がかけられる。ただの知り合いや友人も多かったが、どう見ても特別な関係にあったとしか思えない相手も多くいた。女性も、男性もいる。それぞれに容姿の優れた者ばかりだ。情人といってもジェラルドと同じ世界に住み、並んでも見劣りしない人々ばかりだった。その中で、春彦がもっとも見劣りする。それに、明らかにそれまでの情人とタイプが違った。

『おいおい、いつからこんな坊やに宗旨替えしたんだ？』

と聞いてくる男もいた。彼も彫像のように整った美貌《びぼう》で、ジェラルドと並んで見劣りしない。彼らを見ていると、ジェラルドがなぜ春彦をお気に入りにしたのかまったくわからなかった。

「どうした、春彦。ほら、シャンパンだったら飲めるだろう？」

小さくなっている春彦に、ジェラルドが酒を勧めてくる。春彦のためにわざわざ日本語を話し、口当たりのよい飲み物を勧めてくるジェラルドは、どこから見てもやさしい恋人のようだった。

実際はただの飼い主だが。

「……はい、ありがとうございます」

ぼそぼそと礼を言い、春彦はグラスを受け取った。本音を言えば今すぐ屋敷に帰りたかったが、次々に挨拶を受けているジェラルドに「帰りたい」とはとても言えない。

ジェラルドの陰に隠れるようにして、春彦は渡されたシャンパンを口に含んでいた。多少酔《よ》いが回れば、少しは気分がましになるかもしれない。そんな気持ちで、酒を口にする。

そっとジェラルドを仰ぎ見ると、こういう華やかな場所が本当によく似合っている。女性たちはジェラルドに秋波《しゅうは》を送る者が多かったし、男の中にもさり気なくジェラルドに触れてくる者がいた。誘う眼差しは手慣れていて、ままごとのような恋人しか持ったことのない春彦と比べるとずっと遊び慣れている。応じるジェラルドの対応も自然だ。

春彦はジェラルドから視線を逸らし、また一口、シャンパンを口にした。こくりと飲み込むと、食道から胃が順々に熱くなっていく。なんだかいやな気分だった。この場にいる誰よりも、春彦が一番ジェラルドと釣り合わない。ジェラルドと関係があったらしき男も女も、皆華やかな美男美女ばかりで、どうしてジェラルドが春彦をお気に入りに選んだのか理解できなかった。

それに、ジェラルドのことなど好きでもなんでもないのに、かつての恋人らしき男女がジェラルドに親しげに触れてくると、胸がむかむかしてくる。まるでやきもちを焼いているみたいだ。

——そんなことあるものか。

春彦は自分に言い返した。ジェラルドがどんなにもてても、過去の恋人たちがどれだけ魅力的でも、春彦がむかつく筋合いはない。だって春彦は恋人ではないし、いくらジェラルドのお気に入りでも、春彦自身はジェラルドのことなんて好きじゃない。というより、むしろ大嫌いだ。ジェラルドは、春彦の意思を無視して勝手に春彦の身体を好きなようにして、アメリカにまで連れてきて、勝手にお気に入りにして、勝手に情人にして、勝手に春彦を自分の屋敷に飼って、なにもかも自分の好きなようにしてしまっている。春彦の意思なんてこれっぽっちも尊重《そんちょう》してくれない。

そんな相手にゴージャスな元情人が複数いたからといって、なにを気分悪くなる必要がある。むしろ、周囲に群《むら》がっているゴージャスな連中と、また好きなように遊んでくれたら好都合ではないか。

春彦はジェラルドに抱かれる自分をいいとは思っていないのだ。ジェラルドの気が春彦から逸れてくれたら、却《かえ》ってせいせいするくらいだ。

ぷいと横を向き、春彦はジェラルドから離れようとした。ジェラルドは気が済むまでここにいればいい。けれど、春彦はもうたくさんだ。部屋の隅でお酒でも飲んで時間を潰そう。そう思ったのだ。

しかし、離れようとした腰を、ジェラルドにぐいと摑まれる。

「どうした、春彦。——ああ、代わりのシャンパンだな。待ってろ」

やさしげに、春彦の手にあるグラスを取り、合図をする。すぐに、係の男が代わりのグラスを持ってきた。それをジェラルドが手渡してくれる。

けして春彦を手放さず、なにからなにまで面倒を見ようとするジェラルドの態度に、周囲の男女たちが鼻白んだ表情をする。それは、自分たちと付き合っている時にはまったく見られなかった態度だったからだ。特に、所有の意思を表すように、春彦の逃げを許さない態度が違った。

ジェラルドの今までにない態度を感じ取った彼らは、一人、二人とジェラルドの側を離れていく。

そんな過去のジェラルドを知らない春彦には、なぜ彼らの態度が微妙に変わり、ジェラルドにべたべたすることをやめたのかわからない。しかし、むかむかしていた気分がすーっと退《しりぞ》いていく。

「シャンパンが気に入ったようだな、春彦」

そうすると、ジェラルドに問いかけられるのにも素直に答えられる。

「はい。ワインよりなんだか飲みやすい気がします」

「そうか」

ジェラルドは目を細めて、愛でるように春彦を見下ろしている。奇妙に恥ずかしくて、春彦は俯いた。頰から耳、項が赤くなっていくのがわかる。身体の奥が、ジェラルドに触れられた時のように熱くなりだした。

――こんなところで、なんで……。

ジェラルドに触れてほしいような、抱きしめられたいような、不思議な気分になっている。

ジェラルドなんて好きなはずないのに、春彦はわけがわからなかった。

「――春彦、こちらへ」

急に低い声で、ジェラルドが春彦を促した。レセプション会場から出て、化粧室に春彦を連れて行く。人気《ひとけ》のない化粧室の個室に、ジェラルドは春彦を連れ込んだ。

なぜ、こんなところに連れてきたのだろう。春彦は首を傾げ、ジェラルドを見上げた。

半ば開いた唇を、ジェラルドの指が辿る。そして――。

「ジェラル……っ、んぅ」

抱きしめられ、激しく口づけられた。侵入してきた舌に舌を絡められ、春彦はとっさにジェラルドの胸を押し戻そうとしたが果たせず、逆に身体から力が抜けていく。吸い上げられると、脳髄が甘く痺れだした。たっぷりと春彦の唇を貪ってから、ジェラルドはようやく春彦を解放した。

「あんなところで、あんな色っぽい顔をするな、春彦。今すぐ押し倒したくなる」

「そんな……あ……」

囁きが熱っぽい。抱きしめられた下肢に、ジェラルドの欲望が感じられた。そこは熱く、春彦を求めている。どんな美男美女でもなく、春彦を——。

——どうしよう……。

逃げるべきだと思うのに、身体が春彦の意思を無視して動かない。

「今すぐしたい、春彦」

囁きに、春彦は抵抗できなかった。ちゅっと何度も口づけられると、頭の芯がぼうっとしてくる。それどころか、自分から口を開いてジェラルドの舌を口中に迎え入れてしまう。何度も絡ませ合って、キスを貪った。しかし、ここはジェラルドの屋敷ではなく、レセプション会場の化粧室だ。一応、個室に隠れてはいるが、いつ誰が入ってきても不思議ではなかった。

「ぁ……ん、ぅ……でも、こんなところで……」

理性を振り絞って、キスの合間に春彦は反駁した。自分はジェラルドとのこういう行為を望んでいない。男とこんなことをするのはいやなのだ。何度も自分に言い聞かせるが、身体が離れない。

ジェラルドがうっとりと微笑み、春彦の唇を指で辿ってくる。

「では、下の口の代わりに、ここでは？」

淫靡な囁きに、春彦の身体が意思を無視してぐずりと蕩ける。なぜこんなことで身体の芯から力が抜けていくのか、春彦にはわからなかった。

「あ……ジェラルド……」

春彦は喘いだ。押しつけられるジェラルドの雄が、ますます存在を主張している。ひどく熱くて、喉が渇いた。春彦はまだ一度も、ジェラルドの雄を口に受け入れたことはない。男のモノを咥えるだなんて絶対に無理だ。無理なのに、勝手に口が開く。喉の渇きが、今は飢《かつ》えに変わっていた。

「いいか、春彦？」

春彦の足から、ゆっくりと力が抜けていく。個室の床にひざまずき、自分の手がジェラルドの下肢を寛げていくのを、まるで別の映像を見ているかのように見つめていた。

春彦の手が、ジェラルドの熱い欲望を下着から取り出す。

――僕は、なにを……。

とんでもないことを自分はしようとしている。そう感じる一方で、春彦の口は勝手に開き、ジェラルドの雄芯を唇に迎え入れていた。それは熱くて、逞しかった。

「んっ……春彦、いい子だ」

「……んぅ……ふ」

大きく唇を開き、ジェラルドの雄を咥える。いつもジェラルドがしてくれるように、春彦はジェラルドの雄を口中に含み、舌を絡めた。口の粘膜に雄が触れ、頭の芯が霞《かす》んでくる。

口の中で、ジェラルドの雄がどくりと膨らむ。絡めた舌、唇で、春彦は何度もジェラルドの雄を舐め、扱いた。何度目かの行き来で、雄の先端から熱い蜜が滲み出す。

「ん……いいぞ、春彦」

ジェラルドの声が、快感にわずかに昂っていた。感じているのだ。

春彦の身体も熱くなる。自分の口淫にジェラルドが感じていてくれることに我知らず興奮した。もっともっと春彦で感じてもらいたくなる。春彦は夢中でジェラルドの雄をしゃぶり、舌と唇で愛した。

「春彦、もう少し奥まで……。そうだ、上手だな」

求めに応じて口をいっぱいに開き、深くまでジェラルドを咥える。春彦だけでなく、ジェラルドも下肢を動かし、春彦の口腔を味わっていた。口腔の粘膜を擦られて、春彦の下肢が熱くなる。

やがて、口の中でジェラルドの雄がひときわ大きく膨れ上がる。

「んっ……っ」

「……ふ、んぅ、ぅ」

初めての口淫で、春彦はジェラルドの蜜液を口内に注ぎ込まれた。苦いはずのその樹液を、春彦は音を立てて飲み込んだ。粘つく樹液は、快感を高める淫液だった。

――熱い……。

ずるりと雄が口中から去るのがなんだか物寂しく感じられる。飲み込みきれなかった樹液をとろりと唇の端から滴らせながら、春彦はジェラルドを見上げた。まだジェラルドが欲しかった。

だが、もう一度と開きかけた唇を、ジェラルドにやさしく遮られる。春彦の口を犯した男根はしまい込まれ、代わりに抱き起こされた春彦に口づけが落とされた。

唇の端から滴った蜜を舐められ、深く口づけられる。

「ん……ふ……ジェラル……ド……ぁ」

頭がぼんやりとして、思考がうまく働かなかった。唇が離れると、ジェラルドが喉の奥で含み笑う。

「わたしのモノを口に咥えて、感じてしまった？　春彦のここも……熱い」

「ジェラルド……あ、ん」

自分はどうしてしまったのだろう。服の上から弱みをまさぐられ、春彦は甘い声を洩らす。

抵抗できないまま蓋をした便座の上に座らされ、今度は春彦が下肢を寛げられる。

広い個室はジェラルドがひざまずいてもまだ余裕があり、春彦はジェラルドに花芯を舐められた。

「あっ……」

鋭い声が上がり、とっさに春彦は唇を手で押さえる。

「そうだ。あまり大きな声を出したらいけない。誰か入ってきたら気づかれてしまう」

「んっ……んぅ、っ」

根元から先端に向けて、ジェラルドがねっとりと舌を這わせてくる。ただ単調に咥えていた春彦と違い、ジェラルドの口淫はいやらしく春彦を責めた。幹の周囲に小刻みにキスをしたり、先端をちろちろと舐めたり、かと思えば大胆に口中に含み扱いてきたり、責められるたびに春彦の身体から力が抜け、しどけなく全身が緩んでいく。

「可愛い春彦」

「……んんっっ」

先端に滲み出した蜜をちゅると吸われ、春彦は詰まった声を洩らした。レセプション会場での隠れての行為に、今にも達してしまいそうだ。

だがそこに、人の足音が聞こえてくる。誰かが化粧室に入ってきたのだ。

快楽に蕩けかけていた春彦の意識が、一気に現実に引き戻される。自分はいったいなにをしているのだ。ジェラルドの屋敷でもない、外出先の化粧室でこんなこと……。

「……っっ」

凍りついた春彦の身体がびくりと震えた。ジェラルドが、舌の先でくすぐるように春彦の花芯を舐めだしたのだ。

春彦は必死で首を振った。人がいるのにそんなことをされたら、声が出てしまう。しかし、ジェラルドは舌先で軽く春彦の幹を舐めると、今度は口を開いて、ゆっくりと花芯を咥え込みだした。

「ん……っっ」

思わず声が出そうになり、春彦は懸命に唇を噛みしめる。花芯にジェラルドの舌が絡みつき、ねっとりと上下に扱き出す。

個室の外からは男が用を足す音、衣服を整える音が聞こえてくる。

――早く……早く出て行って……っ。

その間にも、ジェラルドの口淫は激しくなる。幹を可愛がりながら、今度は手が睾丸を嬲り出す。やさしく揉まれながら花芯を唇で愛され、春彦は気が遠くなりそうだった。今にも声を上げ、淫らな喘ぎを上げてしまいそうだ。

その時、無意識に動いた足が個室の壁を蹴ってしまった。

『――どうしました？』

手を洗っていた男から、不審そうな声がかかる。

――どうしよう……。

春彦はパニックになった。下を見下ろすと、ジェラルドは春彦を口に含んだまま、離れようとしない。それでは、春彦が答えなくてはいけないのか。

――そんな……。

ジェラルドは口中に春彦を咥えたまま、舌で花芯を舐めてくる。その目が、答えろと春彦に命じていた。ちろちろと舐められ、快感が高まる。

できるわけがない。春彦は首を振って、必死にジェラルドにできないと訴えた。

『どうしました？　大丈夫ですか？』

男が扉をノックして訊いてくる。もう一刻の猶予《ゆうよ》もなかった。このままでは、扉を無理に開けられてしまうかもしれない。そうなったら、春彦たちがなにをしていたのか、人に知られてしまう。

春彦は震える指を、唇から離した。音を立てないように気をつけ、呼吸を整える。

『だ……大丈夫です。手が……当たってしまって……っ』

最後の悲鳴を、春彦はとっさにこらえた。ジェラルドの唇が幹を擦り上げ、先端を丁寧に舐め上げたのだ。

『ああ、そうですか。では、失礼』

男は納得したようで、立ち去っていく。その直後、ジェラルドに花芯を激しく扱かれた。

「――……っっっっ」

最後に残った理性で、春彦は唇を手で塞ぐ。ジェラルドの口中深くで、春彦は達していた。ひくん、と反り返った背は快楽に震えていた。蜜を吐き出した花芯を、ジェラルドが丹念に舌で綺麗にする。

「ひどい……」

こんな場所で、他人にばれるかもしれないのに容赦なく春彦を責め立てたジェラルドに、春彦は小さく抗議した。目尻に涙が滲む。ここがジェラルドの屋敷だったら、今頃泣いていたところだ。

舌で春彦の花芯を清《きよ》め終わったジェラルドが、丁寧に衣服を整えてくれる。それから、春彦の唇にキスしてきた。

「よかったな、春彦。おまえの切れ切れの答えを、あの男はきっと外国人だからと思っただろう。外国人だから、英語が不自由なんだろうと。ばれなくてよかった、そうだろう？」

なだめるように目尻の涙を吸ってくる。春彦はまだ力の戻らない拳《こぶし》で、ジェラルドの背中を叩いた。

「ばれなくてって……ひどい、こんなところであんな……」

「だが、とてもよかっただろう？　わたしの口の中でおまえがひくひくして、とても気持ちがよさそうだった。たくさん蜜も出たしな。――美味しかったよ、春彦。春彦は？」

そっと唇を辿り、ジェラルドが問いかけてくる。やさしく口の中に指を捻じ込まれ、春彦は意図しない喘ぎを洩らした。身体がじゅん、と熱くなり、咥えている指につい舌を絡ませてしまう。

「……ん、ぅ」

「初めて飲んだわたしのミルクの味……どうだった？」

青臭い苦味はとても美味しいなんて言えない。それなのに、反駁しようとした春彦の言葉は、ジェラルドの囁きで蕩けて消えた。

「可愛いわたしのお気に入り、わたしのミルクは美味しかったか？」

お気に入り——それは、ジェラルドの特別な地位だった。春彦はジェラルドのお気に入りだった。どの情人でもなく、春彦がジェラルドの特別だ。

ちゅっ、と口づけられ、三度《みたび》聞かれる。

「わたしのミルクの味は、春彦？」

「……美味し……かった」

自分がなにを言っているのか、春彦にはわからなかった。だが、身体はジェラルドの囁きにバターのように蕩けていった。ジェラルドが満足そうに笑みを浮かべる。

「嬉しいよ、春彦。わたしも春彦のミルクがとても気に入っている」

「ぁ……ジェラルド……」

それから何度もキスをされ、とろとろになったまま春彦は個室から連れ出された。さすがに最後までは求められなかったが、もしも求められても春彦は拒まなかっただろう。春彦だけがジェラルドの特別なのだ。それは春彦の望んだものではないはずなのに、不思議に春彦を落ち着かせてくれた。早く帰って、もっと身体の奥深いところでジェラルドを感じたい。そんな気持ちすら生まれている。

自分はジェラルドを好きになりかけているのだろうか。

いいや、わからない。ただ状況に流されているだけなのかもしれない。ジェラルドはそもそも、春彦から日常のすべてを奪った元凶《げんきょう》なのだ。好きになるなんてありえない。

——ありえないのに……。

春彦は唇を噛みしめる。隣にいるジェラルドはひどく機嫌がよさそうだった。当然だろう。春彦に口での奉仕《ほうし》をさせ、またもや自分のいいように春彦を扱ったのだ。

急に口の中が苦々しく感じられ、春彦はなにか飲み物を取ろうと辺りを見回した。

すぐにジェラルドが気づき、またシャンパンを取ってくれる。

「……ありがとう」

不承不承ながら礼を言い、春彦はシャンパンを呷《あお》った。酒の苦味と炭酸が、口の中の苦味を洗い流してくれる気がした。ジェラルドはくすりと笑って、さらに春彦にシャンパンを手渡してくれる。勧められるままに飲み干《ほ》し、春彦はしだいに酔っていった。

レセプション会場をあとにする頃には、身体がふわふわしていた。ああ、酔っているなと自分でもわかったが、気分はいい。胸を重苦しくしていた感覚は消え、久しぶりに笑みが浮かんでいた。

機嫌のいい春彦に、ジェラルドが苦笑している。

「さあ、春彦、車に乗って」

「うん。——よいしょっと、あれ、倒れちゃったよ」

車に乗ったはずが、座席にころりと転がり、春彦は楽しげに笑い出す。広いリムジンは、春彦が転がったところで、まだあまるほどスペースがあった。反対側から乗り込んだジェラルドが、転がった春彦の頭を膝に乗せてくれる。

「枕があったほうがいいだろう？」

「うん、気持ちぃー」

なんだか楽しくなり、春彦は声を上げて笑う。とてもいい気分だった。

車がなめらかに発進する。ジェラルドの雇う運転手はさすがに運転が巧みで、時々車に乗っているのがわからなくなるほどだった。目を閉じているとやさしく髪を撫でられ、春彦はそのまま眠ってしまいそうだ。だがそのうち、ジェラルドの悪戯な手が伸びてくる。

「や……あ、あぁ……んっ」

ドレスシャツの前をはだけられ、胸に触れられる。触れられる前からそこはつんと尖っていた。両方の乳首をジェラルドが摘み、ゆったりと捏ねている。時々、きゅっと挟まれ、春彦は切ない声を上げさせられた。

「やだ、ジェラルド……眠い、あっ」

子供のようにむずかると、ジェラルドが唇近くまで上体を屈め、囁いてくる。

「眠っているといい。わたしが全部してやるから」

「そんな……んぅっ、ふ」

片方の胸を摘まれたまま、もう片方の手が胸から腹、さらにその下を撫でていく。服の上からじんわりと下肢を撫でられた。

小さく喘ぎながら、春彦の足が緩んでいく。そのうち、ジェラルドの含み笑いが聞こえ、下肢を寛げてくる音が聞こえてきた。下肢の着衣を半端に引き下ろされ、花芯を握られる。

「会場で一度出したのに、また熱くなってるな。いやらしい子だ、春彦」

「だって……あぁ、あ、ジェラルド……や、ん、んぅ」

酒に神経を侵《おか》されているせいか、いつもよりこらえられない。次々と甘い声が上がり、春彦はその先をねだるようにジェラルドに頭を擦りつけた。たわわに実った果実から、とろりとした果汁が滴りだす。すぐにそれは果実の下、ジェラルドを咥え込む蕾まで伝い落ちた。

「あ……」

自分でも、ひくんと蕾が蠢いたのがわかる。そこにジェラルドを感じることを、春彦の身体が求めていた。ゆっくりと、ジェラルドの指が蕾に向かっていく。

「あぁ……ぁ、ジェラルド……んぅ」

「欲しがりだな。自分から指を咥え込んでいってるのがわかるか、春彦？」

「そんな……あ、いや……あぁ」

春彦は恥ずかしくなり顔を隠したが、後孔が淫らに蠢き、触れてきたジェラルドの指を咥え込んでいくのははっきりとわかっていた。浅く指を突き入れられると、もっと奥まで引き込もうと喘ぎだす。なんという恥ずかしい身体になってしまったのだろう。だが今は、そんなことよりジェラルドが欲しかった。個室での口淫から、ずっとジェラルドが欲しかったのだ。

きっと自分はどうかしている。男なのに男が欲しいだなんて、頭がどうかしてしまったのだ。だが、春彦はジェラルドの特別だった。特別なのだから、いやらしくなっても仕方がないのだ。

酔っているせいのわけのわからない理屈で、春彦はそう自分を納得させ、自分からしどけなく身体を開いていった。求められるままに下肢から着衣を脱ぎ捨て、ジェラルドに向かって四つん這《ば》いになって尻を向ける。男に愛されることを覚えた後孔をねっとりと舐められ、春彦はますます甘い声で喘いだ。気がつくと、入り込んだ二本の指で襞を広げられている。そこにジェラルドの舌が入り込み、春彦の中を濡らしていく。春彦はもう、上体を支えきることができなくなっていた。腰だけ高く掲《かか》げ、座席に突っ伏したまま、恥ずかしい声を上げ続けている。

滴る蜜が座席を汚すのを、春彦は夢の中の出来事のように感じていた。心地よい酒の火照《ほて》りが、春彦から現実感を奪っている。花芯の根元を押さえられ、後孔を指で抉られ、春彦は切なげに喘いだ。もっと太いものが後ろに欲しかった。

「あぁ……ジェラルド……」

「おまえがこんなに酒に弱いとは思わなかったよ、春彦。快楽に素直なおまえは可愛いな」

ジェラルドがくすくす笑っている。揃えた指でそろりと内壁を撫でるジェラルドは余裕たっぷりで、春彦は焦《じ》れたように腰を揺らした。

「だって……あぁ……あぁ……ジェラルド……っ」

「気持ちがいい？」

根元を縛めながら指先で幹を撫で、ジェラルドが訊いてくる。恥ずかしいとか、ジェラルドを好きじゃないとか、そんなことはもうどうでもよかった。春彦は夢中で頷いた。

「気持ち……いい……いいよぉ……ジェラルド……いぃ……あ、んっ」

「たまにはこういうのもいいな」

言いながら、ジェラルドの指が春彦から離れる。やさしく身体を起こされ、春彦はジェラルドの下腹部に顔を押しつけられた。

「自分で準備をするんだ、春彦。好きなように味わっていいぞ？」

「あ……」

春彦の目が、とろりとジェラルドの下肢を見つめる。布越しに熱い雄芯に頬を擦りつけ、春彦はふらふらと顔を起こした。震える指でジェラルドの下肢を寛げ、会場の個室でやった時のように、その雄蘂を口に含んだ。ジェラルドの下肢はすでに熱く、昂っていた。

「ん……ん、ふ」

春彦は熱心に、己《おのれ》を支配する楔《くさび》を成長させていった。熱い雄を口にしているだけで、春彦の熱もさらに上昇していく。夢中になってジェラルドを舐め、しゃぶっていると、しばらくしてジェラルドが苦笑する気配がした。

「口の中に出してほしいのか、春彦。違うだろう？」

ジェラルドの問いかけに、春彦はぼんやりと顔を上げる。そうだった、欲しいのは口にではない。ふらふらと起き上がろうとすると、ジェラルドが助けてくれる。

「足を開いて」

囁きにも、春彦は素直に従った。抱き上げた身体を、ジェラルドを跨《また》ぐようにして下ろされる。

「ここかな？　——さあ、挿れてやろう」

「あ……あぁ、ジェラルド……あっ……んぅ」

身体を支えられながら、春彦はゆっくりとジェラルドの雄蘂を呑み込んでいった。やっと求めた充溢を得られ、深いため息が唇から洩れる。

自分はどうかしている。だが、今欲しいのは自らを貫く逞しい楔だった。

「ジェラルド……んっ、ぅ……ジェラルド……あぁ」

「上手にできたな、春彦。わたしの可愛いお気に入り」

やさしく腰を揺すられる。それに応じるように、春彦も下肢を蠢かした。熱い欲望以外、もうなにも考えられなかった。お気に入りという言葉に全身が蕩けていた。

「ジェラルド、いぃ……あ、い……い……」

自分はジェラルドのお気に入り。五番目で、唯一の生きたお気に入りだった。

春彦は背筋を仰け反らせ、激しくジェラルドを求めた。意識は淫らな情動だけに染め抜かれていた。

何度も腰を揺らし、最後に中でジェラルドの迸りを受け止める。春彦も同時に達したが、まだ足りない。

「もっと……ほし……」

「今夜は積極的だな。そういうおまえも悪くない。だが、もう屋敷に着く。続きはベッドでやろう。好きなだけ食べさせてやる」

「……ぁ、うん」

そっと身体の中の怒張を引き抜かれ、ジェラルドが春彦に衣服を着せてくれる。子供のように全部ジェラルドの手で着せられ、身づくろいしてもらった。ジェラルドも、自身の着衣を整える。ちょう

ど支度が終わった頃、車がジェラルドの屋敷に到着した。

蕩けきっている春彦はとても立ち上がれず、ジェラルドに抱き上げられて屋敷に連れて行かれた。恥ずかしいという気持ちがないのは、酒のせいだ。すべてをアルコールのせいにして、春彦はジェラルドの肩に抱きついていた。時々、ジェラルドがキスをくれる。ジェラルドも楽しげだった。

だが、出迎えたレナートが主人を呼び止める。

「申し訳ありません、ジェラルド様。お客様がおみえでございます」

「客？」

ジェラルドの眉間に皺が刻まれる。せっかくの春彦との時間を邪魔されるのが、不興《ふきょう》なのだろう。しかし、不興を買うとわかっているのにレナートが呼び止めるのならば、それ相応の客に違いない。

ため息をついたジェラルドが、誰だと聞こうとした。

それより早く、大きな声がジェラルドの名を呼んだ。

『遅かったじゃないか、ジェラルド！』

ふわふわの金髪が客間から飛び出し、ジェラルドに駆け寄ってくる。それが踏鞴を踏み、不審げに春彦を見上げてきた。

『なに？　そのチンクシャ』

甘ったるくジェラルドに話しかけてきた声とは別人のような、不愉快げな声だった。

状況についていけず、春彦はぼんやりと、自分を睨みあげてくるふわふわの金髪を見下ろした。紫がかった青い瞳に、小首を傾げている顔は、極上の人形のように整っていた。レセプション会場で見たどんな美男美女よりも、眼下の青年のほうが愛くるしく、美しかった。小生意気そうな表情すらも、可愛らしく見える。

いったい誰なのだろう。春彦は無意識に、ジェラルドにぎゅっとしがみついた。

『なにをしに来たんだ、ガブリエル』

ジェラルドがため息交じりに青年に訊いている。ガブリエルというのが天使の名だということくらい、春彦も知っている。その名に相応しく、天使のように愛らしい青年だった。

しかし、口をつく言葉は辛辣《しんらつ》だ。

『なにって、用がなくちゃ来ちゃいけないのかよ。それより、いつの間にそんなに趣味が悪くなったんだ、ジェラルド。仮にも僕の恋人だったのに、今付き合っているのがそんなチンクシャだなんてありえないよね？』

『ガブリエル、これはわたしのお気に入りだ。批判するのは、たとえおまえでも許さないぞ』

ずけずけと春彦を批判してくるガブリエルに、ジェラルドがちくりと釘《くぎ》を刺す。

だが、庇《かば》ってくれたことよりも、「恋人だった」と言ったガブリエルの言葉のほうが、春彦の胸を突き刺した。

――こんな綺麗な人も、ジェラルドの恋人だったんだ。

レセプション会場で見た男女も、それぞれに綺麗な人ばかりだった。春彦が一番、綺麗という言葉から遠い。またその事実が思い出され、春彦はなんだか悲しくなってきた。酒の酔いが、春彦の感情をいつもより剝き出しにしていた。

ジェラルドの制止に、ガブリエルはますます面白くなさそうな顔になっている。

『それが新しいお気に入りだから、もう僕はいらないんだ』

『新しい……お気に入り……？』

春彦は呟く。自分の英語力が間違っているのだろうか。春彦には、ガブリエルが「新しいお気に入り」と春彦のことを言ったように聞こえた。

すぐに、ジェラルドが苦々しげに訂正する。

『新しい、じゃない。お気に入りの生き物は、春彦だけだ』

ジェラルドの言葉に、春彦はほっと胸を撫で下ろす。特別の地位であるお気に入りは、やはり自分だけなのだ。

ガブリエルは「ふうん」と目を細めている。

『生き物ねぇ。それじゃあ、それは恋人じゃないんだ』

『恋人？』

ジェラルドが鼻を鳴らす。続く言葉に、春彦は言葉を失った。

『恋人でなどあるものか。これは、わたしの人生で五番目にできたお気に入りだ。勘違いするな』

さっきまで昂っていた身体がすーっと冷えていくのを、春彦は感じた。

恋人などではない、ただのお気に入りの生き物――。

レセプション会場でジェラルドに群がっていた人々よりも、自分のほうがずっと特別なのだと思っていたのに、そうではなかったのか。彼らも、今目の前にいる青年もジェラルドの恋人だが、春彦は恋人ではない。いいや、『人』ですらなく、ただの生き物でしかなかった。人間ではなく、ただの生き物。ペットと同じだ。ジェラルドの肩に縋った手が、小刻みに震え出した。

『へえ、お気に入りであって、恋人じゃないんだ。僕は恋人だったのに？』

真っ青な春彦を嘲笑うように、ガブリエルが意地の悪い口調でジェラルドに問いかける。

ジェラルドはその問いに、当然のごとく答えた。

『なにを当たり前のことを訊いてくる。お気に入りと恋人は、全然別物だろう。くだらないことを訊いてくるな』

吐き捨てられた言葉が、春彦の耳朶を打つ。全然別物で、くだらない――。

春彦はただの愛玩物で、人間でも、ましてや恋人でもない。

指先からゆっくりと身体が冷えていった。特別なのでも、大事にされているわけでもない。春彦はただの持ち物で、生き物なのが面倒なだけの単なるお気に入りだった。恋人でも、情人でもない。

『あっそ。じゃあ、まあいいや』

ガブリエルは肩を竦め、ちらりと春彦を見やる。優越感を感じさせる眼差しだった。

春彦はおどおどと視線を落とす。レセプション会場からここまで、思い上がっていた自分が急に恥ずかしくなった。愛玩物でしかないのに、なにが『特別』だ。

胸がつきりと痛み、涙が出そうだった。それを、なけなしの大人のプライドでなんとか呑み込む。自分と同じ歳くらいであろうガブリエルの前で、無様にめそめそしたくない。

『それで、なにしに来たんだ』

春彦の痛みに気づかず、ジェラルドが不機嫌そうにガブリエルに訊いてくる。ガブリエルがにっこりと笑った。花が咲いたような、人の目を惹きつける笑みだった。

——僕なんて全然かなわない……。

美しさでも、可愛らしさでも、春彦はまったく太刀打《たちう》ちできないと思えた。

自分の微笑みの効果を十分に確信した様子で、ガブリエルがジェラルドに甘えるように言ってくる。

『あのね、しばらくここに泊《と》めて？　お礼に、夜はサービスしてあげる』

ね、と小首を傾げてジェラルドに甘く微笑む。

——サービスって……。

もちろん、ベッドでのサービスに決まっている。

断ってほしい、と春彦は願った。こんなに可愛い人が側にいたら、春彦は……。

思いかけ、春彦は強引に続く言葉を断ち切った。側にいたからなんなのだ。ジェラルドの気が移り、春彦を捨てることがあっても、別に関係ないではないか。仮に日本に帰されることがあっても、ちゃんと保障はしてもらえるし、第一、春彦を解放してくれるなら万々歳だ。なにを落ち込む必要がある。

そう思いながら、春彦はジェラルドの腕の中で身を強張らせていた。

——断ってほしい。断って……断って……。

だが、ジェラルドが出したのはため息だった。

『仕方がないな。気が済むまで、ここにいるといい。だが、夜のサービスはいらない。これがいるからな』

そう言って、春彦の額にキスをしてくる。

『そんなチンクシャがねぇ』

呆れた様子でガブリエルは肩を竦めたが、するりとジェラルドの腰に手を回してくる。

『こいつに飽きたら、いつでも僕はOKだよ？　ジェラルドとのセックスはすごく相性がいいからね。また楽しもうね？』

『放せ。おまえはお呼びじゃない』

不機嫌そうに言うジェラルドに、ガブリエルはくすくす笑っている。ちらりと春彦を見る目は、春彦をライバルとも思っていない嘲《あざけ》る眼差しだった。春彦自身も、ガブリエルのような美青年に自分がかなうとはとても思えない。ましてや自分は、恋人ではなくただのお気に入りなのだ。

ガブリエルはすぐにジェラルドから離れ、レナートの案内で客間に行ってしまう。

だが、春彦の心は沈んだまま、浮上できなかった。

「ああ見えて、うちの研究所で一番の天才なんだ。機嫌を損ねて研究を放り出されてはかなわないから、しばらく辛抱してくれ、春彦」

「天才……？」

つまり彼は容姿だけでなく、仕事でもジェラルドの役に立っているのだ。

――僕とは大違いだ……。

春彦はそっと視線を伏せた。恋人ではなく、ただの愛玩物。それが、自分の立場だった。

「……わかりました。大丈夫です」

ひそりと返した春彦に、ジェラルドが詫びるように口づけてくる。

「ありがとう、春彦。なに、すぐに帰るだろう。あれは気まぐれなんだ」

「そうですか……」

二人の寝室に、ジェラルドは春彦を運んでいく。それからあらためてジェラルドに挑みかかられたが、車内でのように春彦は理性を飛ばすことができなかった。

——恋人ではない……。

本当にただの物のように心まで無くしてしまえたら、どんなに楽だろう。

けれど春彦は人間で、人間だから心があった。

心はずっと、痛み続けた——。

七.

翌朝——というよりも、昼前と言ったほうがいいだろうが——、春彦は鈍い頭痛と共に目覚めた。痛くて起き上がれないというほどではない。ただ、頭の芯の部分にずきずきとした痛みが感じられ、それが春彦から動く気力を奪っていた。

昨夜、激しく求められたせいだろうか。もちろんそれもある。初めて春彦から奉仕されたジェラルドは、それのせいもあったのかいつもより春彦を長く求め、春彦は何度か気を失っていた。最後がいつだったのか、それも覚えていない。だが、身体は清潔で、きちんとパジャマを着せられている。おそらく、ジェラルドがやってくれたに違いない。

いつもなら、そこで春彦の頬が赤らむのだが、今日の春彦は唇を嚙みしめるだけだった。

——お気に入りと恋人は全然別物だろう。くだらないことを訊いてくるな。

ジェラルドの言った言葉が忘れられない。春彦はただのお気に入りで、恋人ではなかった。そういった類《たぐい》の言葉をかけてもらったことはないのだから、当然、傷つく筋合いなどない。ないのだが、春彦の心はしくしくと痛んだ。

今も胸がぎゅっと痛んで、春彦はベッドの中で身を丸めた。傷ついた心を守るように、自分で自分を抱きしめて、目を瞑る。そうしていると、息苦しくなりかけた呼吸がだんだんと静まっていった。

もともと、人間扱いもされていなかったのだ。そう言い聞かせる。何度も、何度も言い聞かせる。物として大事にされただけで、恋人ではない。無理やり身体を奪われ、接待させられたのだ。

愛だとか、恋だとか、そんな甘ったるい感情などそもそもなかったではないか。

涙が滲みかけ、春彦はそれをぐっと歯を食いしばることでこらえた。

大丈夫だ。自分はまだ勘違いなんてしていない。ジェラルドなんて好きじゃないし、ここにこうしているのは春彦の意思ではない。だから、ショックなんて受けることはない。自分はただの性欲解消の道具で、その役目が済めば解放してもらえる。

ジェラルドが契約を守るつもりがあるのなら、解放された暁《あかつき》には春彦は大金持ちだ。一千万ドルに、別荘とか車とかいろいろついてくるのだから、損な取り引きではない。おまけに毎年百万ドルの手当だ。ただの物に対して、ずいぶんな謝礼ではないか。傷つく必要なんてちっともない。

春彦は泣いているのとさして変わらない震えるようなため息を吐き出し、目を開けた。

その身体がびくりと跳ね上がる。

「な……なに……?」

『優雅な身分だよなぁ。もう昼だぞ』

春彦の顔を覗き込むように、ガブリエルが目の前にいた。肘をついた掌に顎を乗せ、意地の悪い笑みを浮かべて首を傾げている。どうして彼がここにいるのだろう。いつの間に寝室に入ってきたのか。

『な、なんで……ここ、いるんですか？』

たどたどしい英語を、春彦はなんとか口にした。とたんに、ガブリエルが噴き出す。

『へったくそな英語だなぁ。そんなんでよくジェラルドと話ができるよ。ああ、別に話す必要なんてないか。おまえは身体だけジェラルドに使ってもらえばいいんだもんな』

少し遅れて意味を理解し、春彦は思わずガブリエルを睨んだ。だが、紫がかった青い瞳に冷ややかに見つめ返され、一瞬燃え上がった怒りが萎《しぼ》んでしまう。明らかに見下されているとわかるのだが、精緻《せいち》に整った容貌のガブリエルは春彦など及びもつかないほど美しく、言い返そうとした言葉は喉の奥に引きこもってしまう。

ガブリエルはかつてジェラルドの恋人であり、単なるお気に入りの春彦と違って、人間としてジェラルドに大事にされた青年だった。たしかにこれほど美貌の持ち主ならば、ジェラルドの恋人になってもおかしくない。春彦と違い、ジェラルドと並び立ってまったく遜色《そんしょく》なく整った容貌だった。ジェラルドより少し繊細そうなのが、もしかしたらそういう趣味の男をそそるのかもしれない。

黙りこんでしまった春彦に、ガブリエルが軽蔑《けいべつ》したように鼻を鳴らした。

『まったく、僕がちょっと目を離すとすぐ手近な物に手を出すんだからな、ジェラルドは。それにしたって、おまえはひどすぎるけど』

忌々しげに額を指で弾かれ、春彦は身を竦めた。

――ひどすぎるって……。

じんわりと涙が滲みそうになり、春彦はきゅっと唇を嚙みしめてこらえた。泣いたらよけいにみじめになる。これ以上、目の前のジェラルドの元恋人に馬鹿にされたくなかった。

春彦はのろのろと起き上がった。下肢が鈍く、重い。いかにも気だるげな様子にガブリエルが面白くなさそうな顔をしたが、俯いていた春彦は気づかなかった。

『……目立つところまでキスマークでべたべただな。そんなに欲求不満なら、昨夜《ゆうべ》、僕のベッドに来てくれてもよかったのに。ホント、拗ねちゃって、可愛いよな』

『拗ねる……？』

パジャマの襟元から見えるキスマークを隠しながら、春彦はつい聞き返す。

聞かなければよかったと、すぐに後悔した。ガブリエルが獲物をいたぶる猫のように、にんまりと笑う。

『拗ねてるってわからなかったか？　ジェラルドは本当は僕を抱きたかったんだよ。だけど、僕が勝手にふらふらしていたから強情を張って、代わりにおまえを抱いたってわけ』

『で、でも、今は恋人と違う。過去形だった』

そうだ。昨夜、ガブリエルはたしかに過去形で、『仮にも恋人だった』と言っていたはずだ。過去形ということは、つまり昔のことということで、今は恋人ではない。

たどたどしい春彦の反駁に、ガブリエルが笑声を上げた。

『しばらく離れていたからな。でも、僕の気まぐれで離れただけで、僕たちの関係は終わったわけじゃない。わざわざ僕と正反対の子を遊び相手に選ぶだなんて、けっこう重症だと思わない？　ジェラルドのやつ、そんなに僕が離れたのが堪《こた》えたのかな』

ガブリエルがふふふと含み笑う。たしかに言うとおり、二人はなにからなにまで正反対だった。

金髪のガブリエルに、黒髪の春彦。

怖いくらいに精緻な容姿のガブリエルに、お世辞《せじ》にも綺麗とは言いがたい春彦。

天才で、仕事面でもジェラルドのパートナーになれるガブリエルに、英語すら満足に話せない春彦。

まるで、ガブリエルという素晴らしい恋人の存在を消すために選んだような、対照的な二人だ。

『まあでも、おまえはもう必要ないから。僕が戻ってきたし、いつまでここに居座るつもり？』

『僕……僕は……』

細かいところまではうまく訳せていないかもしれないが、ガブリエルが春彦を嫌って、この屋敷から出て行ってほしいと言っていることはわかった。ガブリエルという恋人がいなかったから、ジェラルドはその身代わりに春彦を使ったのだ、ということも。

──あんまりだ……。

人の人生を強引にメチャクチャにしておいて、それがただの身代わりだったなんてひどすぎる。めったにないお気に入りだなんて言っておいて、結局春彦はただの玩具にすぎなかった。

──こんなに綺麗な人が恋人だったのに、僕を気に入るなんてありえるわけがなかったじゃないか。

春彦はシーツを握り締め、俯いた。自分がどうしたらいいのかわからなかった。

ガブリエルは立ち上がり、呆れたように腕を組んで春彦を見下ろしていた。

『あのさ、可愛い子ぶって泣き真似なんてやめてくれないかな。すっごいむかつくんだけど』

『泣き真似なんて……』

『へえ、それなら、少しくらいは言い返してみろよ。あんた、男だろ？　女みたいにめそめそしちゃって。もしかして、それがおまえの手口なのかよ。男のくせに気持ち悪い』

強く、肩をどつかれる。乱暴な振る舞いに、春彦は呆然とガブリエルを見上げた。

ガブリエルは軽蔑したように眉を上げ、春彦を見下ろしている。

『ばっかみたい！』

吐き捨てると、ガブリエルは寝室を出て行った。あとには、春彦が一人残される。

ガブリエルが出て行くのと同時に、部屋が薄暗くなった気がした。採光《さいこう》のせいではない。ガブリエルという存在が、それだけ煌《きら》びやかだったのだ。煌びやかで、どうしたって人の目を惹きつける。

あんなオーラは、春彦にはなかった。思春期から今まで、もてるなんてことはなかったし、付き合ったことのある女性もほんの数人だ。頭だって、見かけだって凡庸《ぼんよう》で、ガブリエルのようなきらきらしたオーラはまったくない。

きっとガブリエルはもてるだろうから、だからジェラルドは退屈をしのぐ相手に春彦を選んだのだろう。春彦なら間違ってもジェラルド以外の男に秋波を送られることなどない。だいたいアメリカ人から見たら春彦なんて子供みたいで、声をかける対象にも入っていないだろう。

ひどくみじめでたまらなかった。

いつの間にか、ジェラルドに期待していた自分にも気づかされた。大事にされていると思ったし、連れてこられる時も強引だったし、少なくとも自分はジェラルドにとって特別なのだと思っていた。

でも、違ったのだ。特別なんかじゃない。特別なのはガブリエルで、春彦ではない。

胸をぎゅっと押さえ、春彦はベッドの上でうずくまった。なにも考えたくなかった。

ジェラルドが帰ってきた時、春彦は部屋に閉じこもったまま、出迎えに行かなかった。

拗ねているわけではない。ただ、ガブリエルに自分の立場を思い知らされ、ずうずうしく出迎えに行けなかったのだ。きっと、春彦が行っても邪魔になるだけだ。ジェラルドだって、ガブリエルに出迎えられたほうがずっと嬉しいに決まっている。

家具と壁のちょうど人一人分隙間が開いている場所で、春彦は膝を抱えていた。すっぽり挟まっているのが心地よかった。

「……帰りたいよ」

春彦はぽつりと呟いた。ここにいてももう春彦のすることはない。ジェラルドの恋人は、ジェラルドの元に戻ってきたのだ。春彦は邪魔なだけだった。しょんぼりと、抱えた膝に顔を埋《うず》める。

じっとうずくまっていると、ノックの音が聞こえる。小さな声で「はい」と答えると、ドアを開けたのはレナートだった。

室内を見回し、春彦を探しているようだったので、春彦は渋々居心地のよい場所から這い出した。

「……なんですか？」

「ああ、そちらにいらしたのですか。ジェラルド様がお帰りになられました。どうぞお迎えを」

静かだが、有無を言わせない口調だ。ガブリエルという恋人がいるのに、春彦なんて必要ないではないか。言うことなんて聞きたくない。春彦はレナートから顔を背けた。

「……僕は出迎えないほうがいいと思います」

「いけません。ジェラルド様からのお叱りを受けたいのですか？」

「叱るなんて……」

あるわけがない。ジェラルドにとって大切なのは、お気に入りの春彦ではなく、恋人のガブリエルなのだ。もう春彦のことなど眼中にないだろう。

「春彦様」

しかし、レナートから強く名を呼ばれ、春彦はびくりとする。淡々としながらも強いその声は、春彦の拒絶を許さなかった。子供の頃から喧嘩《けんか》もあまり好きではなく、のほほんとした性格だったのだ。ジェラルドと同様、レナートの強さにも最後まで逆らう気力などない。

仕方なく、とぼとぼとレナートのあとに従った。気の弱い自分にうんざりする。

しかし、自己主張の強いアメリカ人と違って、春彦は典型的な事なかれ主義の日本人なのだ。読まなくてもいいのに、つい空気を読んでしまう。

レナートのあとについて、春彦は自室を出た。廊下を進んで、緩く螺旋《らせん》を描く階段に出る。

ガブリエルの明るい話し声が聞こえ、春彦はため息をついた。春彦が下りていったら、ガブリエルはきっと不機嫌になるに違いない。ガブリエルにとって、春彦は邪魔者なのだ。といって、レナートにも逆らえない。いっそここで、ジェラルドが春彦に部屋に戻っていろと言ってくれたら、レナートももう強引に春彦を連れ出そうとはしなくなるだろう。

最初の一回、今回だけの辛抱だ。それで、明日からは出迎えに行かなくてよくなるかもしれない。たぶん、ジェラルドにとっても春彦は邪魔者なはずだ。

そう思うと少し気が軽くなり、春彦は足元を見ていた視線を上げた。階下に、ジェラルドとガブリエルがいるのが見える。ガブリエルはジェラルドの腕にしがみつき、甘えるようにジェラルドに笑いかけていた。

と、ちらりとガブリエルの視線が春彦と合った。

次の瞬間、ガブリエルがジェラルドの首に腕を回す。あっと思った時には、二人はキスしていた。

「……っ！」

春彦は立ち止まり、目を見開いて二人を見下ろす。ジェラルドは軽くガブリエルの背中を叩いたが、すぐにそれは抱きしめる腕に変わり、ガブリエルと深くキスをしていた。

――どうして……なんで……。

どう見ても、誤解しようのない恋人のキスだ。起きた時の鈍い頭痛はもう治まっているのに、頭の芯からずきずきとした痛みが湧き起こってきた。

だがそれは、ほんの瞬きするような瞬間に起こった出来事で、春彦の視界はすぐにグレーに変わる。

レナートがさり気なく移動し、春彦の視界を遮ったのだ。グレーは、レナートのスーツの色だった。

レナートが軽く咳払いする。それでジェラルドは気づいたのだろう。しばらくして、レナートが動き始める。階段を下りる背中に、春彦は足元をじっと見つめたままついていった。

頭ががんがんとして、うまく考えがまとまらない。二人のキスは明らかに深いもので、舌を絡ませる小さな音を春彦の耳はしっかりと捉えていた。

――ガブリエルは恋人で、自分はただのお気に入り。お気に入りであって、恋人ではない。

そんな言葉ばかりがぐるぐると繰り返される。

「――やっと来たか、春彦。ん？　なにを拗ねているんだ？」

階段を下りると、ジェラルドが歩み寄ってくる。顔色をなくした春彦の頬を両手で包み、覗き込んできた。

——なにを拗ねている？

ジェラルドが訊ねる意味がわからない。今、自分がしていたことがなんだったのか、ジェラルドはなにも思わないのだろうか。呆然としたまま、春彦は一言だけ呟いた。

「……キス」

「ん？　ああ、なんだ、春彦もしてほしいのか」

楽しそうに笑い、ジェラルドが春彦の唇に顔を寄せてくる。

——ナニヲシテイルンダ、コノヒトハ。

ガブリエルにキスしたばかりのその口で、春彦にもキスをするつもりなのか。

触れる寸前、春彦はジェラルドを突き飛ばした。

「——僕に触るな！」

拒まれるとは予想していなかったのだろう。突き飛ばされたジェラルドは驚いたように、春彦を見下ろしている。なぜこんなことをするのかわからない。ジェラルドの顔はそう言っていた。

わからないと言いたいのは、春彦のほうだ。いまだかつてない怒りが、春彦の腹の底から湧き上がってきた。こんなに頭にきたのは初めてだった。

どうしてこんなに腹が立つのかわからない。ジェラルドは最初から接待だと言ったし、その後も春彦のことをお気に入りとは言っても、恋人とはけして言わなかった。だから、春彦は特別じゃない。

ジェラルドにとって特別な人間ではない。重々わかっているのに、むしょうに腹が立った。許せないと思った。拳を震わせている春彦に、ガブリエルの小さく笑う声が聞こえる。

『なに？　もしかして、僕にやきもちを焼いているの？　変なの』

小馬鹿にしたように、くすくすと笑う。ねえと見上げたガブリエルの髪を、ジェラルドがくしゃりと撫でるのが見えた。

「ガブリエルの言うとおりなのか、春彦」

ガブリエルの髪に手を置いたまま、ジェラルドが訊いてくる。その声は、やけに楽しそうだった。

怒りで人を殺せるものなら、今ほど殺してやりたいと思ったことはない。春彦がやきもちを焼いているのだとしたら、それのなにがそんなに楽しいのだ。春彦は玩具ではない。ちゃんと感情を持った、一人の人間だ。

「そんなこと……あんたに関係ないだろう！　やきもちを焼くだって？　そんなのありえない。あんたなんて大嫌いだ！　最初っからあんたなんて、殺してやりたいくらい大嫌いだっっ!!」

怒りのすべてを叩きつけるように怒鳴り、春彦は身を翻《ひるがえ》した。階段を駆け上がる背に、驚いたようなジェラルドの声が聞こえる。

「――春彦！」

だが、春彦はかまわず、自室へと逃げ込んだ。

もしその場に残ってジェラルドの言葉を聞いたなら、いよいよこらえきれず、体格差も忘れてジェラルドに飛びかかったに違いない。

『春彦のやきもちは可愛いな。そう思わないか、ガブリエル』

『……むかつくから、のろけるのはやめてほしいんだけど』

ガブリエルは不機嫌そうに唇を尖らせている。

『ジェラルド様、春彦様の分の食事はいかがいたしましょう』

相変わらず淡々と訊いてくるレナートに、ジェラルドは上機嫌だ。

『あとでわたしが持っていこう。たっぷり慰めてやらなくてはな』

楽しげに階上を見上げる。

たっぷり、という言葉に微妙なニュアンスを入れてきた主人に、レナートは心中でメモを取る。

あとで寝室に、紐、ちょっとした薬、ゼリー、春彦様の身体に合いそうなバイブなどなどを用意しておくこと。それから、某所に一本の電話。

心のメモ帳にしっかりと記入し、レナートは主人と主人の元恋人をダイニングに案内するのだった。


しゃくり上げる声が時折聞こえる。嗚咽を洩らしているのは、ジェラルドに抱きしめられた春彦だった。ジェラルドはすっかり眠っている。その顔はしごく満足そうだ。だが、春彦は満足どころではなかった。パジャマを着ている春彦の身体は、もう以前までの春彦のものとは違う。下着の当たる肌に違和感があった。

——信じられない……。

涙が止まらなかった。ジェラルドによって、春彦の下生えは剃《そ》られてしまったのだ。今は子供のように綺麗になっている。

やきもちを焼いた春彦が可愛いと言ってジェラルドが抱こうとするのに、春彦が本気で抵抗したせいだ。ガブリエルに恋人のキスをしたジェラルドに、春彦は抱かれたくなどなかった。

あまりの抵抗にとうとう怒ったジェラルドは、春彦を後背から抱き上げ、膝に乗せて後孔を貫くと、足を大きく広げさせた上、レナートを呼んだのだ。

「聞き分けのない子は、大人ではなくて子供だな。子供にこんなものはあってはならない」

そう言って、レナートに命じて、春彦の下生えにシェービング・クリームを塗り、すべて剃り落とさせてしまった。春彦は後ろにジェラルドを含まされたまま、レナートに下生えを剃られるという恥辱を味わわされ、そのあと数時間、ジェラルドに陵辱されたのだ。

呆然としたのにはもうひとつ理由がある。無毛になった春彦の下肢をジェラルドはひどく気に入ったようで、明日には春彦のそこに永久脱毛の処置をすると言ってきたのだ。

永久脱毛ということはつまり、春彦の下肢は一生、子供のような恥ずかしい状態のままになるということだ。剃られてしまっただけでもこんなにショックなのに、永久脱毛なんて耐えられない。

しかし、ジェラルドはやると言ったら本当にやるだろう。春彦はただのお気に入りで、人間ではなく玩具なのだから当然だ。

春彦はまたしゃくり上げる。無意識に、ジェラルドが春彦を抱きしめる腕を強くしてきたが、春彦の心は安らがなかった。明日になれば、永久脱毛をされてしまう。

ガブリエルという綺麗な恋人がいるのに、ジェラルドはどうして春彦にかまうのだろう。

――僕は恋人じゃないのに……。

胸がしくしくと痛んだ。ジェラルドの恋人はガブリエル。春彦ではない。

何度もそれを自分に言い聞かせると、どんどん胸が痛くなってくる。

ガブリエルとのキスにあんなに腹が立ったのは、やっぱりやきもちなのだろうか。ひどいことばかりされているのに、自分はいつの間にかジェラルドが好きになってしまったのだろうか。

いいや、そんなことがあるはずがない。強引に身体を奪われて、好きなように恥ずかしいことをされて、アメリカにまで勝手に連れてこられて、おまけにそこにはジェラルドの恋人までいて、それでなんでジェラルドを好きになんてなれるんだろう。

お気に入りと言われて、特別扱いされて、なんであんなに嬉しかったんだろう。

自分で自分の心が、春彦にはわからなかった。

ジェラルドのこともわからない。ひとつ屋根の下に恋人がいるのに、どうして春彦を抱いて眠っているのだろう。春彦なんて抱かずに、ガブリエルを抱けばいいのに。

こんなことをされたら、ガブリエルより春彦のほうが欲しいのかなんて、変な誤解をしてしまう。けれど、そんな馬鹿なことはない。天使の名のとおり、ガブリエルは美しい。ふわふわの明るい金髪は触れて頰を埋《うず》めるのにちょうどよい柔らかさだし、紫がかった青い瞳は澄み切って、どんな人間でも見つめずにはいられない。小さく整った面差しは、どういう遺伝子の悪戯でこうなったのだろうと思わせる精緻さだ。ジェラルドより頭ひとつ分小柄な身体も、抱きしめるのに最適なサイズだ。

だが、小柄といっても春彦とはまったく違う。なにもかもが薄っぺらくて頼りない春彦の体軀と違い、ガブリエルの身体は均整の取れた筋肉の存在が感じられるしっかりした身体をしている。ジェラルドと並んだ時、絶妙なバランスに誰もが眼を奪われるだろう。ヴァイキングの末裔のような猛々しさと、それとは対照的な貴族的な優雅さの両者を併せ持つジェラルドの恋人として、ガブリエルならば万人が納得する。現に、レセプション会場で春彦を目にした人々は、「どうしてこんな子が？」という驚きの目で春彦を見ていた。春彦ではジェラルドにまったく釣り合わないのだ。

おまけに、ガブリエルは仕事の面でもジェラルドに役に立っている。なんの研究をしているかは知らないが――というより、詳しく説明しても春彦程度の頭ではわからないと思われたのだろうが――、ジェラルドに天才と言わしめる才能をガブリエルは持っているのだ。

なにからなにまで、春彦程度がかなう相手ではなかった。

――もう耐えられない。

春彦はまたしゃくり上げる。ここにはもういたくなかった。玩具にされるのはたくさんだ。

だが、パスポートを取り上げられ、お金もまったく持っていない身では逃げられない。日本であればまだ警察に駆け込むという手段があったが、ここはアメリカで、逃げ出したところでどうしたらよいのかわからなかった。

しゃくり上げそうになった声を、春彦は唇を嚙みしめてこらえた。逃げられなかったら、春彦は恥ずかしい場所を永久脱毛されてしまうのだ。今だってこんなに恥ずかしいのに、一生無毛のままなどということになったら、もう二度と温泉にも行けないし、プールにも行けない。万万が一、着替える時に見られてしまったらと思うと、スポーツジムにも海水浴にも、もう行けなかった。

――絶対逃げなくちゃ……！

ジェラルドの腕の中で拳を握り、春彦はそう決心していた。


翌日、春彦は、ニューヨークのチェルシーにあるエステサロンに行くことになった。

『エステ？　へえ、ずいぶんそいつに金かけてるんだな』

少し不機嫌そうなガブリエルに、ジェラルドは春彦を抱きしめて答えていた。

『ああ、春彦は可愛いからな。磨きがいがある』

それから頬にキスをされたが、どう見ても恋人であるガブリエルに当てつけているとしか春彦には思えなかった。そうやって、ガブリエルにやきもちを焼かせようとしているのだろう。

仕事に向かったジェラルドの代わりに、春彦はレナートによってエステサロンに連れて行かれた。いかにも上流階級御用達風のサロンだ。案内されたロビーのクッションもふかふかで、ソファはちょうどよい硬さで心地よかった。そこからレナートが主人の要望を伝え、春彦を引き渡す。春彦はサロンの人間の案内で、処置を施す小部屋に向かった。レナートはついてこない。

春彦の心臓が、どくりと鳴った。これはチャンスではないか？　ジェラルドの息のかかった人間が身近にいないことなど、めったにない。屋敷内ではいつも、レナートの目が光っていた。

『あの……』

部屋に入る寸前、考えるより先に声が出た。春彦の呼びかけに応じ、案内していた女性が振り返る。

『はい、どうかなさいましたか？』

『あの……お手洗いに、行きたいです。お腹……えっと、えっと、痛いです』

たどたどしい英語を口にしながら、腹を押さえる。それでもちゃんと意味は通じたようで、女性はにっこりと笑い、トイレの位置を教えてくれた。

『ありがとう！』

春彦は礼を言って、トイレに向かった。もちろん、嘘だ。

女性の姿が見えなくなると、春彦は周囲を見回す。入り口のロビーではなく、どこか裏口を見つけなくてはならない。そこから逃げ出すのだ。永久脱毛なんてごめんだった。

ロビー以外の出口は簡単に見つかった。廊下に時折表示されている案内に従って、非常口を見つけたからだ。そっとノブを回すと、鍵はかかっていない。

「やった……」

小さく拳を握って、春彦はエステサロンから滑り出た。うまいぐあいに、大通りに面していない場所だ。そこから春彦は、いそいそとサロンをあとにした。

十数分が過ぎて、ロビーにあたふたとした様子のサロンの人間が現れた。携帯電話を使用して、屋敷内へ指示を出していたレナートは、その気配に顔を上げた。

女性が真っ直ぐに、レナートに向かってやってくる。

『申し訳ありません。こちらに、ツモト様はおいでになりませんでしたか？』

『いえ、おりませんが。なにか？』

レナートの答えに、女性は顔を曇《くも》らせる。

『では、もう一度、サロン内を捜してみます。トイレに行かれたのですが、もしかしたら、迷ってしまっているのかもしれませんし』

困ったように首を傾げる女性を無視し、レナートは小型の受信機を取り出した。作動させると、そこに赤い点が点滅し始める。念のため、検診に事寄せて春彦の歯に仕込んでおいた発信機からの信号だ。一度、春彦を捜し回ったことに懲りたジェラルドによって指示された処置だった。それが今、役に立つ。レナートの眉宇《びう》がひそめられた。

『いや、ここを捜しても無駄でしょう。わたしのほうで捜します。では』

短く告げ、レナートはエステサロンを出る。すぐに携帯でジェラルドに連絡を取った。

『――申し訳ありません、ジェラルド様。春彦様が脱走いたしました』

返ってくる主人の声は、今までレナートが聞いたこともないような苛立ちが混ざっていた。

久々の解放感に春彦の胸が弾んだ。今の春彦を規制する人間はどこにもいない。完全に自由だった。あとはどこに逃げるかだ。日本大使館に逃げ込んだら、助けてもらえるだろうか。それとも、小久保電器産業のニューヨーク支社なりなんなりを探して、そこに行ったほうがいいだろうか。

いや、小久保電器産業ではやっぱり助けてくれないだろう。ハートリー・グループとの取り引きがかかっているのだ。

ならば、やはり日本大使館だろうか。しかし、どうやって行ったらいいだろう。それに、日本大使館経由で日本に帰れたとして、ジェラルドは春彦の持ち物を返してくれるだろうか。他の物はともかく、両親の位牌だけは返してもらわなくては困る。

高揚《こうよう》していた気分が、少し萎んでくる。まったくの無計画であったし、自力で日本大使館を見つけるのもひどく難しそうだった。

——どうしよう。

やっぱり、地道にジェラルドに頼んだほうがよかったのかも。

永久脱毛をされたくない一心で逃げ出してきたが、いざそれに成功してもその先の計画がなかった。しだいに足取りがとぼとぼしたものに変わってくる。

だが、ため息をついて見上げた視線に、停車しているパトカーらしきものが見えた。警察官が車の脇に立ってなにか書き込みをしている。

「警察……！」

春彦の顔がぱっと明るくなった。警察官に聞けば、きっと日本大使館の場所を教えてもらえるに違いない。だって、警察なのだ。

春彦は、日本のものとは少し違うパトカーに駆け寄った。

『すみません！』

春彦の呼びかけに、警官が振り向く。やや小太りの、厳しい顔つきの警官だった。もう一人はそれよりだいぶ若い。

『なんだ？』

あまり愛想がいいとは言えない返答だ。どうしよう、と春彦は戸惑ったが、他にいい手立てはない。意を決して、日本大使館までの行き方を警官に聞こうとした。

その時、ふと中学の地理の授業を思い出す。世界各国の国名と首都名を暗記させられたやつだ。

――たしか、アメリカの首都って……。

ニューヨークが有名だから、てっきりニューヨークがアメリカの首都のようにも思えるが、昔覚えさせられたアメリカの首都名はニューヨークではなくワシントンだった気がした。

ということは、ニューヨークに日本大使館はないということだろうか。日本大使館があるのは、ニューヨークではなくワシントンとか？

――だ、だったらどうしよう……。

大使館がなければ、春彦はこの先どこに行ったらいいのだろう。ジェラルドから逃げることも、日本に帰ることもできなくなる。

『どうした、坊や。道に迷ったのか？』

春彦のことを迷子になった外国人の子供とでも思ったのか、少し口調をやさしく変えて、警官が話しかけてくる。しかし、子供扱いされたことに気がつく余裕は、春彦にはなかった。

――大使館じゃなかったらなにがあるんだっけ。えと……。

大使館以外にもなにかがあったと思うのだが、なにがあるのか思い出せない。そもそも、海外旅行に行ったのも大学生時代の数回きりで、それも安いツアーでのことだった。個人で外国に行ったことなどない。だから、海外でなにかあった時の用心など、まともに考えたことなどなかった。ツアーなのだから、添乗員に聞けばそれでいいと高を括っていたのだ。

『あの……あの……日本に……』

『日本？　君は日本人なのか？　旅行で来たの？　それとも、ご両親とはぐれてしまったのかな』

若いほうの警官が春彦の目の高さに屈んで、人懐こい笑みを見せながら訊いてくる。完全に未成年の子供だと誤解されているのがわかったが、なにをどう説明したらよいのか春彦は軽くパニックになっていた。

根掘り葉掘り聞かれたら、自分がアメリカでどんな目に遭っていたかまで話さなくてはならなくなるかもしれない。それはいやだった。男なのに、ジェラルドにされてしまったあれやこれやのことなど、絶対に話せない。それに、話してしまったら、『事件』にされてしまうかもしれない。

事件はまずかった。自分がどんな目に遭ったかなんて、誰にも知られたくないではないか。

『あ、あの……なんでもないです。ごめんなさい、ごめんなさい』

とにかく、ちゃんとした嘘の話を思いつくまで、警察を頼ることはできない。

春彦はもごもごと口の中で謝り、警官から後退《あとじさ》った。そして、逃げ出す。

『あ！　坊や、待ちなさい！』

警官が声を上げたが、春彦はかまわずその場から逃げ出した。

たぶんニューヨークには大使館はない。でも、大使館の代わりになるものがたしかあったはずだ。それはなんと言っただろうか。走りながら、春彦はなんとかそれを思い出そうとした。

――大使館じゃなくて、えと、えと……会社の支社みたいなやつ……えぇと。

考えるほうに集中していたため、自分がどこをどう走ったかなんて、春彦は気にもしなかった。考え事に集中したくて、無意識に喧騒《けんそう》が少ないほうに向かっていく。それがどれだけ危険かなんて、春彦は考えてもみなかった。ただ、うんざりするような人ごみが途切れて、ほっとして足取りを緩める。

東京もそうだったが、ニューヨークも歩くたびにぶつかりそうなほどたくさんの人がいて、田舎育ちの春彦には息苦しい街に感じられた。人ごみが途切れると、本当に人心地つけるような気になる。どこかの石段にでも腰を下ろして、まずはどこに行ったらいいのかゆっくり考えてみよう。

春彦はそう思った。

「大使館じゃなくて……え、と……」

眉をひそめて、一心に考える。考えながら、ちょうど目についた階段で休もうとした。

腰を下ろして、ふいに思い出す。

「そうだ、領事館だ！」

ポンと手を打ち、満面の笑みを浮かべる。領事館なら、きっとニューヨークにあるはずだ。大使館と違って、こちらは各国の主要都市にあったはずだ。

よし、さっきの警官に領事館の場所を聞いてみよう。そして、日本に帰って、普通の生活を取り戻すのだ。春彦は立ち上がろうとした。

しかし、視界に影が映る。首を傾げ、春彦は視線を上げた。

「あ……の……」

春彦の周囲を、目つきの悪い男たちが囲んでいた。黒人ではなく、白人だ。どこか薄汚れた様子だったが、ガムを噛んでいるのがアメリカ人っぽいな、と春彦はぼんやりと思った。

『道に迷ったのか、坊や』

また『坊や』だ。よほど自分は幼く見えてしまうのだろうか。春彦は苦笑し、大丈夫ですと立ち上がった。

『大通りに出て、警察の人に訊きます。大丈夫です。ありがとうございます』

そう言って、にっこりと笑う。お辞儀《じぎ》をし、春彦はもと来た道に戻ろうとした。その手を強引に摑まれる。

『警察なんかより、俺たちが教えてやるよ。――ただし、用事が済んだらな』

『はい？』

手を摑んだ男に引き寄せられ、腰を抱かれてしまう。男がなにを言っているのかよくわからなくて、春彦は首を傾げた。

『用事？　僕になにか用事があるのですか？』

春彦は通りすがりの外国人だ。男たちの用件に応じられるとは思えない。

きょとんとする春彦に、男たちが下卑《げび》た笑い声を上げる。

『おいおい、本物の箱入りのお坊ちゃまだな。せっかくここまで来たんだから、俺たちの流儀《りゅうぎ》をちゃんと教えてやるのが親切ってもんだよな？』

春彦の腰を抱いた男が仲間に言うと、仲間たちも一斉《いっせい》に賛成と声を上げる。

少しずつ、春彦は不安になってきた。ぐるりと周囲を見回すと、表通りの綺麗に立ち並んだビル街とは異なり、薄暗く汚れた外壁と、ゴミが散乱する街路の様子がいかにも殺伐《さつばつ》とした空気を醸《かも》し出している。男たちの格好もなんとなく薄汚れているような感じで、春彦はようやく自分がまずい場所に入り込んでしまったらしいことに気づいた。

――ど、どうしよう……。

腰を抱いていた男が、春彦の左腕を持ち上げる。

『いい時計だな。通行料代わりにまずはこいつをもらおうか』

『え、それは駄目です！　僕のものじゃありません！』

春彦はとっさに腕を振り払った。ジェラルドに与えられた腕時計はきっと高価なものだろうが、春彦のものとは言えない。高すぎて、もらえるものではなかった。

『はぁ？　なにを言ってるのかなぁ』

男はそう言うと、せせら笑いながら春彦の腕を掴み、仲間の男に春彦の腕時計を取り上げさせる。

『駄目です！　やめてください！』

『着ている物もいい値段になりそうだ。おい、脱がしちまえ！』

『え!?　なに、ちょっと……やだ！』

周囲から男たちの手が伸び、春彦の身体から着衣を剝ぎ取ろうとする。春彦は必死で抵抗したが、複数の男たち相手に抵抗しきれるものではなかった。そもそも、一対一だろうと体格で負ける。

『いやだ、やめろ！　やだっ……っ！』

『ほら、暴れるなよ。まだ終わってないんだからな。へ、綺麗な胸をしてるじゃないか』

耳元に、男の息がかかる。春彦はぞっとした。指が無遠慮に、春彦の胸をまさぐってくる。

――まさか、そんな……。

ジェラルドに会う前の春彦だったら、きっと即座に否定してのけただろう。自分は男で、同性からの性的対象になる側ではない。しかし、今は違った。ジェラルドによって、自分の身体が十分同性からのそういう対象になることを春彦は知っている。

『おい、下着も脱がしてやれ』

春彦を拘束する男が、仲間に命じる。絶対にまずい、と春彦にもわかった。

「いやだっ！　放せっ！」

英語で言うことも忘れ、春彦は必死で男たちに抵抗した。ジェラルドに抱かれるのだって相当の抵抗があったのだ。こんな見知らぬ男、それも複数の男たちになにかされるなんて冗談ではなかった。

「放せっ、ちくしょう！　放せよっ！」

『ははは、なにを言っているのかわからないなぁ。おまえみたいな坊々《ぼんぼん》がこんなところに一人で来るからいけないんだぜ。すげぇ、すべすべの肌だ。おい、まだ毛も生えていないのかよ。可愛いな』

無毛の下肢を晒され、春彦の頬が紅潮《こうちょう》する。まだ毛が生えていない年齢なのではない。ジェラルドに剃られてしまっただけだ。しかし、春彦の外見の幼さから、男たちは勝手に春彦がまだ下の毛も生えない年齢なのだと解釈したようだった。

「いやだっ。触るな！　触るなぁっ！」

拘束する男の唇が春彦の首筋を這い、別の男の手が胸に触れる。さらに別の男たちが、春彦の下肢にそれぞれ手を伸ばしてきた。男たちの腕に抱き上げられて、春彦の身体が宙に浮く。いやらしく嬲られながら、春彦はどこか汚いビルの中に運ばれようとしていた。

「放せっ！　いやだっ！」

『たまにはイエローもいいな。乳首がピンク色だぜ。俺たちで可愛がってやるからよぉ』

「やだっ……やめろっっ！」

乳首を摘まれぞっとする。こりこりと捏ねられても嫌悪ばかりが募っていく。

ジェラルドに触れられた時とは、まったく違う反応だった。嫌悪というより、吐き気すらしてくる。

唇を寄せられキスされそうになり、春彦は死に物狂いで暴れた。

——汚い、汚い、汚い……っ！

暴れた足が偶然、男たちの一人を蹴り上げる。その拍子にバランスが崩れ、春彦はビルを入ったところの廊下に半身が落ちた。

『おいおい、世話を焼かせると、いいことはないぞ』

春彦は必死で抵抗しているのに、男たちはにやにや笑っている。すでに、身を守る衣服は一枚もなく、春彦は全裸で男たちの視線に晒されていた。彼らは春彦が男であってもまったくかまわないようだった。嬲るような眼差しで、春彦を見下ろしている。

両腕を拘束されたまま、春彦は男たちの一人に頬を殴《なぐ》られた。続けて数回、笑いながら殴られる。

それから、殴られてぼんやりとした顎を取られた。

『いい子にしてないと、もっと痛い目に遭わせてやるぞ。ほら、口を開けよ』

男たちの一人がジーンズのジッパーを下ろし始め、赤黒い雄を取り出してきた。

『おいおい、ここで始めるのかよ』

『ちょっと可愛がってやるだけだ。へへ、たまんねえな。ほら、口を開けろ』

「……や、やだ……いやだ」

赤黒い雄はすでに昂り、人間の生殖器官というより、異生物の凶器のようだった。すえた臭いが鼻をつき、春彦は顔を背ける。こんなもの、咥えたくなどない。

きゅっと唇を噛みしめると、男が顎をがくがくと揺さぶる。それでも耐えていると、鼻を摘まれた。

「んっ……んぅっ……！」

男が頬にぴたぴたとグロテスクなものを叩きつけてくる。気持ちが悪くて、吐きそうだった。

――いやだ……。助けて……助けて、ジェラルド……っ！

ジェラルドのものはこんなではない。ジェラルドはこんなに春彦に嫌悪を感じさせない。ジェラルドはもっとやさしい。

だが、息が続かない。もうこらえられない。

春彦は今にも口を開いてしまいそうだった。それは、ジェラルドにされた時とは比べ物にならないほどの屈辱だった。

『春彦が逃げたと？　――馬鹿な子だ。すぐに行く』

ジェラルドは携帯電話を切ると、即座に運転手に指示を出した。移動のため車に乗っていたから、ちょうどいい。続いて、隣にいたナッシュにも命じる。

『このあとの予定を調整しろ』

『お気に入りの捜索ですか？　レナートに任せておかれてはいかがですか』

あまり感心できないといった口調で、ナッシュが答える。そう言いながら、予定の書かれたシステム手帳を、すでに取り出していた。

『このところ、精神的に不安定だったんだ。たしかこの先は、B&M銀行の頭取との会談だったろう。それなら、別の日に調整できるはずだ』

『まあ、うちが融資を頼むのではなく、頼まれる側ですからねぇ。ただ、会談を先送りにされれば、頭取は相当やきもきすると思いますよ』

『かまわない。今は、春彦のほうが先だ』

即答すると、ナッシュは軽く肩を竦める。しかし携帯を取り出し、すぐに先方と交渉を始めだした。

パーク通りに向かっていた車は方向を変え、チェルシー方面に向かっている。レナートが持っているのと同じ携帯端末には、春彦がうろついている場所の地図が映し出されていた。

今は大きな通りをうろついているが、もしも妙な小径《こみち》に入り込んでしまったら問題だ。九十年代以降から再び発展してきた地域ではあるが、場所によっては人通りも少ない危険な場所も数多くある。

春彦がそんな場所に入り込む前に、身柄を確保しなくてはならない。

しかし、一旦立ち止まっていた春彦は再び迷走し始め、ジェラルドがまずいと思う地域に入り込んでいく。レナートも当然春彦を追っているだろうが、ジェラルドの気は急《せ》いた。

この頃の春彦は、妙に情緒不安定だ。一時は、ジェラルドに進んで奉仕するまでに懐いてきたというのに、急にどうしてしまったというのだろうか。大切なお気に入りの沈んだ様子を、ジェラルドも心配していた。甘えるようにジェラルドの雄を口に咥え、自分からジェラルドの上で腰を揺らしていた姿を覚えているだけに、今の急変が腑に落ちない。春彦も、ジェラルドとの関係を受け入れていたはずだ。ジェラルドがどれだけ春彦を気に入っているのかも、春彦もちゃんとわかっているはずだ。

それなのに、なにが不満なのか。いや、不安なのか。

『――まったく、生き物は難しいな』

『春彦のことですか？』

思わず呟いたジェラルドに、ナッシュがまったく他人事のように返してくる。実際、ナッシュには関係のないことだから当然なのだが、妙に腹立たしい。

『そうだ。ガブリエル・ブリュノー博士ですか？　……ああ、それはそうでしょうね』

ガブリエルが屋敷に来て以来、妙に反抗的だ。まったくわけがわからない』

『ガブリエル・ブリュノー博士ですか？　……ああ、それはそうでしょうね』

ジェラルドの言葉に、ナッシュが一人で頷いている。ジェラルドにわからないことが、ナッシュには了解できているようだった。

『なにがそうだというんだ』

不機嫌に問いただすと、ナッシュがにやにやと笑う。

『いや、あなたでもわからないことがあるんですね。これは楽しい。どうしてなのかは、春彦に直接訊いてみたらどうですか？　恋人同士で語り合うことも大事ですよ』

『恋人などではない！』

失礼な間違いに、ジェラルドは思わず声を上げる。春彦は、恋人などという期間限定のものではなかった。

『恋人ではない。あれはお気に入りだ』

『……おやおや。もしや、それを春彦に言ったのですか？』

探るような口調で、ナッシュが訊いてくる。ジェラルドは憮然として答えた。

『ああ、訊かれたから、そう答えた。それがどうしたというのだ』

『う〜ん、そうですね……』

ナッシュはなにか思案するように口ごもる。そんなふうに迷うのは、あまりあることではなかった。

ジェラルドはさらに問いただそうと口を開きかけ、閉ざした。落とした視線が険しくなる。

『あの馬鹿者……』

『どうしました？』

問いかけるナッシュに、携帯端末の画面を見せる。地図の載った画面に、ナッシュが眉をひそめた。

『まずいですね』

『――急いでくれ！』

運転席との仕切り扉を開け、ジェラルドは運転手を急かした。

『はい！』

車はスピードを上げ、春彦の元に向かう。込み入った小径に入り、ジェラルドはじりじりしながら点滅する春彦の印へと車を急がせた。ナッシュももう、軽口をきこうとしない。

やがて前方に、レナートの車が見えてきた。それもジェラルドと同じ場所に向かっている。

画面の中で、春彦を示す点滅は動きを止めていた。それは不吉であった。

そこは開発の手の行き届いていない、荒れた地域だ。贅沢な格好をした春彦は、見るからに闖入《ちんにゅう》者だろう。おまけに春彦はどこかおっとりしている。不思議なことに、春彦はどうもこの世に悪い人がいないと思っているようなのだ。春彦自身に問えば否定するだろうが、ジェラルドから見て春彦はあまりに警戒心がなさ過ぎる。その無邪気さも、ジェラルドにとっては愛しいのだが。

ほどなくして、車が停止した。春彦の居所を示すビルに着いたのだ。

『行くぞ』

『はい』

答えるナッシュとジェラルドに、運転手が銃《じゅう》を手渡してきた。万が一のために車内に常に用意してあるものだ。

『すぐに発進できるよう、ここで待っていろ』

『かしこまりました』

運転手に指示し、ジェラルドはナッシュと車を降りた。前方では、同じように銃を手にしてレナートが車から出てくる。ビルの中から、男たちの下卑た笑い声が聞こえてきた。それと、呻き声が。

「んーっ、んっ……んぅ、っ……っ！」

『……春彦！』

その声が春彦だと、ジェラルドにはすぐにわかった。レナートたちが制止しようとするのも無視し、ビル内に銃を向ける。

『手を上げろ！　その子を放すんだ！』

『なっ……きさまっ！』

男たちがジェラルドに振り向き、同様に銃を取り出そうとする。

だが、その機先を制し、レナートとナッシュがジェラルドの両脇から男たちに銃を向けていた。

『――くそっ』

振り向いた男の一人に、春彦が羽交《はが》い締めにされている。全裸だった。

「ジェ……ジェラルド……」

真っ赤になった唇は、男たちに貪られたせいだろうか。

『この……』

ジェラルドの胸に今まで感じたことのない怒りが湧き上がった。春彦はジェラルドのお気に入りだった。そのお気に入りを好きにする権利は、ジェラルドにしかない。許せない。

『こ、こいつがどうなってもいいのか！　おまえのほうこそ銃を下ろせ！　――……うわっ!!』

『ちょっ、ジェラルド！』

ナッシュのうろたえる声が聞こえる。しかしかまわず、ジェラルドは春彦を拘束する男の肩を撃ち抜いた。さらに冷酷に、周囲の仲間たちの肩を、足を撃《う》ち抜いていく。舌打ちしたナッシュもすぐあとに続き、レナートも無言で主人に従って男たちを容赦なく撃った。五人いた男たちはあっという間に、床にうずくまって呻いている。

突然の銃撃に、春彦は呆然としてジェラルドを見つめていた。なにが起こっているのか、まったく理解できていない様子だった。

「――世話を焼かせるな、春彦」

ジェラルドはつかつかと近づき、春彦の腕を取った。引き寄せて腰を抱いても、春彦はまだ呆然としている。その唇を指で辿り、大事なことをジェラルドは訊ねた。とても重大なことだ。

「ここにキスをされたのか？」

「――……え？」

なにを言われたのか、春彦はよく呑み込めないようだった。ジェラルドは苦笑し、赤く腫れた唇にそっと唇を押し当てた。やさしく吸い上げてから離し、もう一度訊ねる。

「他の男にキスを許したのか？」

「う……ううん。してない。僕、絶対に口を開きたくなくて……」

そう言って唇を嚙みしめる春彦の髪を撫で、床に転がっている男たちの一人にジェラルドは目を留めた。下肢から忌まわしいものを剥き出しにして、呻いている。

なんということだ。あんなものを咥えさせられそうになっていたのか。

ジェラルドは事態を瞬時に把握した。ゆっくりと、銃口を男の汚らわしいモノに向ける。

もう少しで引き金を引くところで、ナッシュがジェラルドを止めてきた。

『――いくらなんでもそこを撃ち抜いたら、死んでしまいますよ？』

『ふん、わたしのお気に入りにこんな真似をしたんだ。死んで当然だ』

『後始末でしたら、わたくしにお任せくださいませ』

ナッシュと違い、主人に従順なレナートは恭しくジェラルドに申し出てくる。

そんな二人に、ナッシュが首を振っていた。

『そりゃあ、後始末はできるでしょうがね、あなたが手を汚す必要はない。そうでしょう？』

『おまえにしてはマシなことを言うな。――では、わたくしが始末しておきます』

レナートが当然のごとく言ってくる。彼は忠実な、ジェラルドの下僕《しもべ》だった。

怒りのままに、全員殺してしまえ、とジェラルドは命じようとした。だが、その腕を必死で引いてくる者がいる。春彦だった。

「や、やめてください、殺すなんて……。助けていただけただけで十分です」

春彦は真っ青な顔で訴えてくる。指が小刻みに震えていた。

とたんに、厳しかったジェラルドの顔に笑みが浮かび上がる。そうだった。春彦はとてもやさしい、臆病《おくびょう》な生き物なのだ。こんな恐ろしいところから、早く連れ出してやるべきだった。

「おいで、春彦。さあ、帰ろう」

全裸の春彦をジェラルドは愛しげに抱き上げた。後始末は、レナートとナッシュにやらせればいい。

「あ、あの……殺さないですよね？　殺すなんて、そんな恐ろしいことしないですよね？」

春彦が何度も訊いてくる。本当に、臆病な子だ。自分を害しようとした人間など、同情することなどないのに。

「殺さなくていいのか？　おまえにひどいことをしたやつらだぞ」

「で、でも、ジェラルドが助けに来てくれたから、僕は無事でしたし……。殺すのは、そんな……」

ジェラルドの肩に縋る指が、ふるふると震えている。

『仕方のない子だ。では、おまえに免じて許してやるとしよう。――レナート、ナッシュ、相応の罰を与えたら、彼らは許してやれ。命は免じてやる』

『……やれやれ』

『かしこまりました』

ナッシュとレナートがそれぞれの答え方で、ジェラルドに答える。

彼らを背中に、ジェラルドは春彦をビルから運び出した。

「――おまえへの罰はこれからだ、春彦」

春彦がびくりと震え上がる。怯えた目でジェラルドを見る様子は、ジェラルドの可愛いお気に入りだった。

「ば、罰って……」

「逃げ出したお仕置きだ。さあ、行こう」

ジェラルドは春彦とともに、車に乗り込んだ。

『アッパー・イースト・サイドのペントハウスへ行ってくれ』

屋敷ではなく別邸に向かうよう運転手に命じ、ジェラルドは運転席との仕切り扉を閉めるのだった。


裸のまま膝に乗せられ、春彦はびくついていた。殺してしまえとジェラルドが言った時の姿が脳裏に焼きついている。ひどく冷たくて、恐ろしかった。その冷ややかさがジェラルドの怒りの大きさを表しているようで春彦は怯えた。あらためて、恐ろしい人から自分は逃げようとしていたのだと怖くなる。

「可哀想に、痛かっただろう。手の痕《あと》がついている」

思い切り暴れた春彦を押さえつけるために、男たちが握っていた足や腕に、彼らの指の痕が痣《あざ》のように残っていた。それを、ジェラルドがやさしく辿っている。

「あ、あの……」

助けてくれてありがとうと言うべきか、それとも、逃げてごめんなさいと謝ってしまうべきか、春彦は迷った。迷って視線を落とすと、無毛になった下肢が目に入る。今度こそ、永久脱毛されてしまうかもしれないと思い浮かぶ。

「どうしてこんな無茶をしたのかな、春彦は」

自分自身に問いかけるように、ジェラルドが呟いた。髪を撫で、背中を撫で、春彦を大事そうに抱きしめている。裸の肌に、ジェラルドのスーツの生地が擦れ、少しくすぐったかった。

「に、日本に……」

「帰りたいのか？　どうして？」

本当に不思議そうに、ジェラルドが訊いてくる。いつも思うのだが、どうして不思議に思うのか、そのほうが不思議だった。

「だって……」

なにか言おうとして、鼻の奥がつんとしてくる。泣くようなところではないのに、涙が滲んできた。

「どうした、春彦？　なにがそんなにいやなんだ？　わたしのなにが気に入らない」

やさしい声で、ジェラルドが訊ねてくる。あんまりやさしくて、春彦はなんだかつらくなった。こんなにやさしくても、春彦はジェラルドの恋人ではないのだ。恋人でなくて、ただのお気に入り。人間扱いすらしてもらえていない。それがひどくつらく感じられた。

「——日本に帰りたい」

泣き声と共に、春彦は二番目の望みを口にする。一番目の望みは、自分自身にすら言葉にしてはいけなかった。言葉にしたら、きっともっと耐えがたくなる。

気づいてしまった自分の本心に、春彦は怯えていた。それなのに、ジェラルドは軽く笑って、春彦の望みを一蹴《いっしゅう》する。

「だめだよ、春彦。言っただろう？　春彦はわたしの五番目のお気に入りだ。どこにも逃がしはしない」

「お気に入りだなんて……。僕は物じゃない」

「もちろんそうだとも。春彦は物じゃない。生き物だ。だから、今まで以上に大事にしているじゃないか。なにが不満なんだ？」

「生き物って……」

ジェラルドの胸で、春彦は唇を嚙みしめた。生き物だなんて言い方は、物扱いと同様だった。人間として見てくれていない。ましてや恋人にだなんて……。

「どうせ僕は、恋人以下だもんね……」

春彦は呟いた。自分は恋人以下のただのお気に入りだ。ガブリエルのような華やかな容姿はしていないし、仕事やなにかでジェラルドの役に立つわけでもない。愛玩物以上のなにものでもなかった。

春彦の拗ねた呟きに、ジェラルドは首を傾げている。不審そうに、眉をひそめていた。

「恋人以下？　どういうことだ」

「……ただのお気に入りで、恋人じゃないって言ってた」

ぽそぽそと春彦は口にする。口にするたびに、胸がしくしくと痛んだ。

「春彦……春彦、なにを言ってるんだ。当たり前のことだろう？」

ぎゅっと嚙みしめた唇が震える。こらえきれない涙が、じんわりと視界を歪めていった。

望まぬままにジェラルドへの接待に身体を差し出され、そのままアメリカにまで連れてこられて、こんな関係など春彦はひとつも望んでいなかったのに、先に心を与えてしまったのは春彦で。

身体は好きに使われるけど、恋人ではない。

あまりにみじめだった。こんな状態に貶《おとし》められているのに、春彦の心はジェラルドに恋人と言ってほしいと望んでいるのだ。なぜそう思うのか、自分でもわからなかった。

ただジェラルドが、こんなになんでも持っているのに、お気に入りは四つしかなくて、その大切なお気に入りに自分が五番目として加われるのなら、それがなんとなく喜ばしいことのような気がして、大事なことのような気がして、春彦はジェラルドの側にいないといけないような気になるのだ。

けれど、ジェラルドにとって自分はただのお気に入りの物でしかなく、それがとてもつらい。

物でもいいと思えるほど、春彦はまだ万事に達観できていなかった。

「……僕はお気に入りで、恋人はガブリエルなんですか？」

「ガブリエル？」

訝しげに、ジェラルドが首を傾げる。すぐに破顔して、春彦に頬を指でつつく。

「なんだ、キスしたことをまだ妬いているんだな。あんなものはただの遊びだ。ガブリエルには……」

「遊び!?」

軽くいなされ、春彦は思わずジェラルドを遮り、声を上げた。

「遊びだなんて……！　あんな、舌を入れるようなキスが遊びなんですか！」

「春彦、なにを怒っているんだ」

肩を竦めるジェラルドに、春彦はますます怒りをかきたてられた。春彦にとっては、文字どおりの軽いキスだって恋人以外にはしてはいけないものだ。それを、あんな舌を絡めるようなキスをしておいて遊びだなんて、考えられなかった。

「僕は……あんなキス、遊びでなんてできません。ちょっとキスするだけだって……。さっき、あの連中に身体を触られて吐きそうだった。ちっとも気持ちよくなんてならなかった。だけど、あなたは誰とだってああいうことができるんだ。キスだって、それ以上だって、好きじゃなくてもできるんだ！」

「春彦、どうしたんだ。ただの遊びだ。真剣な意味なんてない。それに、ガブリエルは……」

「僕はできない！　好きな人以外となんて、キスも、それ以上も、絶対できない！　相手にだって……してほしくないのに」

呻くように、春彦はジェラルドのスーツの襟元を摑んだまま、顔を埋めた。自分ができないだけじゃない。ジェラルドにだって、春彦を側に置いておくのなら、他の誰とだってキスひとつしてほしくなかった。そう思うのは、ただの物のくせに生意気だろうが。

「して……ほしくないのか？　わたしが春彦以外の人間とキスをしたりするのは、そんなにいやなのか？」

ある種の無邪気さで訊いてくるジェラルドが、心の底から腹立たしかった。いやだと答えて、それでジェラルドはどうしてくれるというのだろう。どうせなにもしてくれない。最初から、春彦の意見など訊いてくれたことなどないのだ。

「春彦、春彦、答えてくれ」

どこか楽しそうに、ジェラルドは訊いてくる。春彦にとっては真剣な問題も、ジェラルドにとってはただのお楽しみなのだ。だが、そんなに聞きたいのなら、聞かせてやろう。その上で、春彦の心すら弄ぶというのなら、今すぐこの車から飛び降りてやる。裸でだってかまわない。

破れかぶれな心境で、春彦は顔を上げた。涙の滲む眼差しに、ジェラルドがわずかにたじろいだ様子を見せる。なにをたじろぐ必要があるのだ。いつだって、ジェラルドの好きにしてきたくせに。

春彦はじっとジェラルドを見上げた。

「――僕はただのお気に入りで、恋人じゃないから、こんなこと言う資格なんてないのかもしれない。少なくとも、あなたはきっとそう思う。けど、僕は、あなたが他の人に、僕にしたように触れるなんていやだ。僕を毎晩のように抱いているくせに、ガブリエルも恋人にするなんていやだ。僕を好きなようにしたその手で、その唇で、他の誰かになんて触らないで……」

最後には、やっぱり涙が零れ落ちた。ジェラルドがうろたえたように、零れ落ちた涙を拭ってくる。

「春彦……。ガブリエルとのキスが、そんなにいやだったのか？」

「……いやだ……あ」

ちゅっ、と唇にキスを落とされる。それは春彦の唇をそっと啄んで、やさしく離れた。

「――キス以上のことも、他の誰かとしたらいやか？」

「いやだ……」

ジェラルドの指が喉元から胸を、大事そうにそっと辿る。さっき、男たちに触れられた時にはぴくりともしなかった胸の粒が、ジェラルドにわずかに触れるだけで切なげにつんと硬くなった。

硬くなった胸の先に、ジェラルドが愛しげに口づけてくる。

「――ここにキスしていいのも、わたしだけか？」

「ぁ……そう、ジェラルドだけ。だから、ジェラルドも……ぁ、んっ」

小さな音を立てて、胸の粒を吸い上げられる。春彦の背筋が、ひくりと仰け反った。

両方の胸に、ジェラルドは代わる代わる大事そうにキスを送ってきた。春彦の小さな胸の粒を可愛がり、勃ち上がらせていく。

「ぁ……ジェラルド、や、だ……やめ……」

「どうして？　わたしが触れるのなら、いいのだろう？」

片方を、ジェラルドの舌がぺろりと舐める。もう片方は指に摘まれくりくりと捏ねられた。

時折強く摘まれ、下肢がびくりと反応してしまう。いつの間にか、無毛の下肢で性器がゆらゆらと勃ち上がりだしていた。

「いやだ……ジェラルドが、そうじゃなくて……」

言いたいのは、ジェラルドに触ってほしいということではない。ジェラルドにも、春彦以外に触れてほしくないということなのだ。

それなのに、胸を悪戯していた指がそろそろと下肢に下り、春彦の花芯を握ってくる。

そうではない。そうじゃないのだ。

「――いやだっ！　違う……っ！」

春彦はジェラルドの肩を思い切り叩いた。このままなし崩しに抱かれるのはいやだった。

ジェラルドが驚いたように、春彦を見つめている。春彦は鼻を啜り上げ、ジェラルドに訴えた。

「ジェラルドは……そうじゃなくて、僕は……」

自分でもなにを言いたいのかわからず、しゃくり上げる春彦に、ジェラルドがなだめるように髪を撫でてくる。やさしくキスをして、春彦を抱きしめてきた。

「ああ、わかってる。春彦もわたしと同じように、わたしのことがお気に入りになったんだろう？嬉しいよ。わたしも同じ気持ちだ。ずっと前から、おまえがお気に入りだ」

「……違う。だから僕は、恋人……」

どうしてもかみ合わない会話に焦れて、春彦はなんとか言いたいことをわかってもらおうと口を開いた。ジェラルドが苦笑する。

「恋人になりたいのか、春彦？　そんなにわたしが気に入らない？」

ジェラルドはまたわけのわからないことを言う。

「……なんで？」

恋人のほうがいいというのが、どうして気に入らないになるのだろう。意味がわからなかった。

「だって……」

ジェラルドが春彦の背中から腰、それからもっと下を撫でながら言ってくる。言葉を知らない子供に説明するような、噛んで含めるような言い方だった。

「恋人はいつか終わるだろう？　期間限定の関係だ。わたしは、そんな短い関係を春彦と結ぶつもりはない。一生だ。春彦の一生をわたしのものにしたいから、だから春彦はわたしのお気に入りなんだ。わかるか？」

「——……恋人は期間限定で、お気に入りは一生……？」

啞然として、春彦は愛しげに身体に触れてくるジェラルドを見つめた。恋人は期間限定で、お気に入りは一生だなんて、どういう定義なのだ。

「そうだ。春彦は一生だから、お気に入りなんだ」

空いているほうの手で頬を押し包み、しっとりと口づけてくる。

「春彦の望みは承知した。この先二度と、春彦以外の人間にはこんなことはしない。キスも、セックスもなしだ。全部、春彦とだけする。これでいいだろう？」

「それって……僕を好きってこと？」

「好き？ そんな移ろいやすいものが、春彦は欲しいのか？ 好きではない。お気に入りだ。わたしは今まで、お気に入りになったものはなにひとつ、嫌いになったことなどない。お気に入りは、ずっとお気に入りだ。好きよりもっとたしかな感情だ、ん？」

口づけるような近さで、ジェラルドが春彦を見つめてくる。春彦は戸惑いながら、ジェラルドを見つめ返した。ジェラルドにとって、好きはいつか消えてしまう感情で、お気に入りはずっと永遠に変わらないもの。そういう定義だというのか。

——変な人……。

春彦はそっと手を伸ばし、ジェラルドの碧い瞳と視線を合わせた。『好き』より『お気に入り』が、もっと上の言葉。こんな定義、聞いたことがない。

「……それって、一生僕を好きってこと？」

「ふん。まあ、一生という言葉をつけるのであれば、そう言ってもいいかな」

ジェラルドは鼻を鳴らして頷く。

「じゃあ……じゃあ、恋人よりお気に入りのほうが上なんだね？　僕は物じゃない？」

「当たり前だろう。生き物だから、他のお気に入りよりももっと気を遣わなくてはならない。お気に入りは大事に扱う主義なんだ、わたしは」

「そうじゃなくて……僕は、僕は……人間？　それとも、あなたの愛玩物？　玩具？」

「春彦、なにを言ってるんだ」

呆れたように、ジェラルドが苦笑する。ジェラルドにしてみれば、言うべきことはちゃんと言っているつもりなのだろう。

だが、春彦には十分ではない。自分は物なのか、人間なのか。重要なことだった。

「春彦は人間だ。人間で、初めてのお気に入りだ」

「お気に入り……」

ふと、ジェラルドが眉をひそめる。それから、春彦に聞いてきた。

「お気に入りという言葉が気に入らないのか？」

「……人間じゃなくて、物になったような気がする」

それに、ジェラルドの言葉は特殊すぎて、胸にしっくりこなかった。

ジェラルドがそっと頬にキスを落としてくる。両方の頬に口づけて、最後に唇にキスをする。

小さな音を立てて唇が離れてから、ジェラルドはやさしく囁いた。

「好きのほうがいいのか？」

「……普通は、人間相手にはそっちを使うんだと思う」

ぼそぼそと答えると、ジェラルドがくすりと笑った。ぎゅっと春彦を抱きしめて、頬を押し包む。

上向かせた春彦に、ジェラルドがゆっくりと言葉を口にしてきた。

「それなら、永続的な言葉にして春彦に贈ろう。──春彦、一生おまえを愛してる。好きよりこのほうが、もう少しましだろう？」

しかし、悪戯っぽく笑ったジェラルドの耳が、赤くなっている。

「ジェラルド、耳が赤い」

「ばっ……春彦、そんなことがあるものか」

「じゃあ、もう一回言ってくれる？」

ジェラルドが慌てるのが珍しくて、春彦はついからかいたくなる。

耳だけだったジェラルドの赤みが、頬にまで移ってきた。自分から言ってくれたのに、ジェラルドにとっても少々照れる言葉だったようだ。やっぱり、お気に入りより愛しているのほうがいい。

「──今度はおまえの番だ。わたしばかりがずるいだろう」

「そんな……あっ」

背中を撫でていた手が背筋を下がり、蕾をくすぐってくる。身じろぐうちに、ゆっくりと春彦の中に入ってきた。

「言うんだ、春彦」

「でも……あ、あぁ、っ」

今度はもう片方の手が、春彦の花芯を握ってきた。前と後ろを同時に可愛がられ始める。

「春彦、早くしないとペントハウスについてしまう。ここをこんなにしたまま、外に出たいのか？」

「だって、そんな……あ、んっ」

上体がゆらゆらと揺れ、春彦はジェラルドの肩に縋りついた。さっき、半ば勃ち上がっていた花芯はもうすっかり形を変え、先端から蜜まで滲ませ出している。

後孔も柔らかく緩み、ジェラルドの指を呑み込んでいた。

「わたしにだけ言わせて、ひどいな、春彦」

「だって、そんな……僕は……あぁ」

自分にしか触っちゃだめと言ったのだから、好きと言ったも同然ではないか。

しかし、ジェラルドは執拗に、春彦に求めてくる。

「……春彦、いやらしい音が聞こえてきた。もうそろそろ、ペントハウスに着くぞ」

「なんで、ペントハウス……。屋敷に戻ればいいじゃないか……ん、ぁ」

やさしく内部を抉る指に、春彦はいつの間にか自分から腰を揺らしている。恥ずかしくて、全身が朱に染まっていた。

ジェラルドは、春彦のこめかみにちゅっとキスをした。

「春彦が早く汚れを落としたいだろうと思ったからだよ」

「でも……汚れを落とすもなにも……こんなことして……あぁ、ん……ぅ……」

唇は、今度は胸を啄んでいる。胸と後孔と花芯と、三点を同時に刺激され、春彦の身体の奥から溶けてくる。

「春彦、言ってくれ。そうじゃないと、この恥ずかしい格好で部屋まで連れて行くよ。性器から蜜が溢れて……人に見られたらどうしようか」

「そんな……あ、あ、あぅ、っっ」

深々と、後孔に指を突き刺される。だが、花芯の根元を絶妙なタイミングで塞き止められ、いくことができない。目を見開いてひくひくと震える春彦に、ジェラルドがねだった。

「春彦、言ってくれ。聞きたいよ」

「ジェ……ジェラルド、もう……ずるい……んっ、ぅ」

春彦は首を振り、気を失いそうになるのをこらえる。上目遣いに春彦を見つめてくるジェラルドは、なんとなく可愛らしかった。

ずるくて、言葉が通じなくて、会話の難しい、けれど、春彦を生涯大事にしてくれる人だ。

ふっと、春彦の口元が緩んだ。

「ジェラルド……僕も、愛してる」

「一生?」

「うん……一生、大事にして」

「春彦……!」

後孔から指を引き抜かれ、頬を包まれる。あっと思う間もなく、深く口づけられた。口内の柔らかな粘膜を、ジェラルドの熱い舌が愛しげに舐めていく。舌を絡められ、気が遠くなりそうだった。

「んっ……んぅ……ん、ふ」

角度を変えて何度も唇を吸われ、春彦は昂った身体をジェラルドに押しつける。

やっと唇が離れると、ジェラルドは運転席への仕切りを少し開け、運転手に命じた。

『いいと言うまで、適当に走っていてくれ』

『かしこまりました』

なにがあっても動じないよう躾けられているのか、運転手はなぜとも訊かずに承知する。

忙《せわ》しなくまた仕切りを上げ、ジェラルドは春彦を座席に押し倒してきた。

「ジェ……ジェラルド？」

「部屋まで我慢できない。今すぐ春彦が欲しい」

「あ……ジェラルド……ぁ」

押し倒された足が、勝手にジェラルドに向かって開いていく。いやらしい状態になった下肢が、春彦を囚える男に向かって晒された。

ジェラルドの喉がこくりと鳴り、もどかしげに自身のスーツの下肢を寛げていく。ジェラルドの雄芯は猛々しく充溢して、春彦を求めていた。

「春彦……」

膝裏を押し上げられ、恥ずかしいほどに下肢を開かれる。ひくつく後孔に、ジェラルドの雄芯が押し当てられた。

「ジェラルド……あ、あぁ……っ！」

ぐちゅり、と生々しい音が車内に響き、ジェラルドが春彦の後孔に雄蘂を突き入れてきた。熱く逞しいものが、春彦の奥深くまで突き刺さっていく。春彦は目を見開き、背筋を仰け反らせた。鋭い快感に全身の感覚が消え、ただジェラルドの熱さしか感じられない。

「……春彦、すごいな。挿れただけでこんなに蜜を迸らせて」

気がつくと、顎まで蜜が飛び散っていた。それをジェラルドが指先で拭い取り、ぺろりと舐める。とたんに、また身体の芯が熱くなる。

「ジェラルド……んっ……ぁ、お願い……動いて……」

ねだる言葉が、するりと出てきた。恥ずかしいのに、もっとジェラルドが欲しくてたまらない。

ジェラルドがにやりと笑う。

「わたしたちは気が合うな。わたしも、春彦をもっと欲しいと思っていたところだ。この身体を、存分に味わいたい」

「……うん、好きにして。好きって……」

言ってという言葉は、キスに呑み込まれた。代わりに、キスが終わるともっと素敵な言葉を与えられる。

「——愛してる、春彦。一生。おまえは大事なわたしのお気に入り。ああ、この言葉は気に入らないのだったな。一生、愛している」

「ジェラルド……僕も……あ、んっ」

深々と突き刺され、浅いところまで引かれる。そして、また突き上げられ、息も絶え絶えに、春彦はジェラルドに誓った。

「僕も……愛してる……あぁぁっ」

ジェラルドの屋敷に戻ったのは、翌日だった。パジャマを着た身体を抱き上げられて、春彦は屋敷に運ばれた。

あれからずっと、ペントハウスに入ってからも、目覚めるたびに抱き合い、求め合い、春彦の腰はすっかり萎えてしまっていたのだ。しかし、ジェラルドは春彦を抱き上げたまま、しっかりとした歩調で歩いている。基礎体力の違いとはいえ、同じ男として若干情けなく感じる春彦だった。

「お帰りなさいませ」

昨日と同じ、感情をまじえない顔をしたレナートが二人を出迎える。この顔で『後始末』などと、物騒なことを口にしたのだ。

「あの……ごめんなさい。昨日はありがとうございました」

迷惑と手間をかけさせてしまったことを、レナートにも謝る。きっと、逃げ出した春彦を必死になって捜してくれたことだろう。

そういえば、とふと思いつく。あの時はあんまりびっくりしたのと、あのあとのジェラルドとのあれやこれやですっかり忘れていたが、どうしてあんなに的確に春彦の居所がわかったのだろう。

「……なんで？」

思わず呟いた春彦に、ジェラルドが訊いてくる。

「どうした？」

「あの……なんで昨日、僕のいるところがあんなに早くわかったんですか？」

不思議だなぁと首を傾げる春彦に、ジェラルドがにっこりと微笑み返す。

「ああ、おまえの歯に発信機を仕掛けておいたからだ」

「はい？」

発信機？　それはなんだろう。

春彦はまじまじとジェラルドを見つめる。ジェラルドは上機嫌で、春彦に説明してくる。

「ここに来た当初、おまえがいなくなったと騒いだ時があっただろう？　あの時に、今後の万が一のために、おまえの歯に発信機を仕掛けておくことにしたんだ。役に立っただろう？」

「歯に……発信機……」

そういえば、ここに来た初めの頃、健康診断とかいって全身を調べられたことを思い出す。身体も、もちろん歯も。あの時、そんなものを仕掛けたというのか。信じられない。

啞然としたまま、春彦はジェラルドを見上げた。

「お気に入りは一生物だと言っただろう？　わたしの可愛い春彦」

「一生物……」

呟き、春彦はジェラルドの肩に力なく頭をもたれさせる。どうしたって逃げられないように手配されていたのだ。

いやもう逃げる気はないが、仮に何度逃げてもジェラルドは春彦を捕まえるだろう。なにしろ、『恋人』は期間限定で、『お気に入り』は一生なのだ。

「なんか、どっと疲れた感じ……」

「それはいけないな。早くベッドに入って、看病してやろう」

ジェラルドは満足そうににやにや笑っている。この分では看病という名目で、またあれやこれやされてしまうかもしれない。

――一生、相手なんてできるのかな、僕……。

別の意味でちょっと怖い春彦だ。

ジェラルドにしがみつきながら屋敷内に入ると、客間から見知らぬ男がやってきた。彼もなにか抱きかかえているようだった。いや、肩に担《かつ》いでいる。

『ジェラルド、これが世話になっていた。一応、礼を言ってから帰るべきだと思い、待っていた』

これとはなんだろう。春彦は首を傾げて、男が担ぐものを見た。

「え……ガブリエル？」

下ろせ、馬鹿野郎とじたばたしているのは、ガブリエルだ。

驚く春彦に、ジェラルドが苦笑しながら説明してくる。

「ああそうだ。昨日、何度か言おうとしたが、ガブリエルは彼のものなんだ」

「……え？」

「たしかに昔、恋人だったことはあるが、今はなんの関係もない。ただ、彼と痴話《ちわ》喧嘩すると、昔のよしみでいつもわたしのところに駆け込んでくるんだ」

「本当に……？」

それであんなに親しげだったのか。春彦は目を見開いた。しかし、疑うような言葉を口にした春彦に、ジェラルドの目がわずかに細められる。碧い瞳が少しだけ、深みを増した。

「わたしが誓った言葉を疑うのか、春彦。一生だ、わたしの『お気に入り』の春彦」

「あ……ごめんなさい。疑ってなんかないから」

頬をぽうっと赤く染めながら、春彦はジェラルドに謝る。春彦がいやだと言ったから、ジェラルドはもう二度とガブリエルにはキスしない。

『なに、二人の世界を作ってるんだ、馬鹿！』

日本語はわからないながらも雰囲気でなにか摑んだようで、ガブリエルが罵声《ばせい》を上げる。

『ジェラルドがおまえみたいなチンクシャ、好きになるもんか。いてっ、なにするんだよ、クラウス！』

憎まれ口を叩くガブリエルの尻を、彼を担ぐ男――クラウスがピシャリと叩く。

『ひどい！　恋人のくせに叩くなんて！　DVだ、暴力だ！』

『黙れ。もっとお仕置きをしてほしいのか？』

言い終わるとまたピシャリと尻を叩く。何度か叩かれ、やっとガブリエルがおとなしくなる。

居住まいを正し、クラウスがジェラルドに頭を下げた。

『いろいろと迷惑をかけたようで、すまない。君も、すまない』

クラウスは春彦にも謝ってきた。ガブリエルの今の恋人のようだが、ジェラルドとはずいぶん雰囲気が違う。華やかで、少々享楽的な雰囲気がなくもないジェラルドと違い、クラウスはあくまでもストイックだ。折り目正しい態度や、きびきびとした歩き方を見ていると、まるで軍人かなにかのように見える。だが、ガブリエルを手なづける手並みはなかなかのようだった。

『ガブリエル、おまえも謝れ』

『なんで僕が……いたっ、痛いよ、クラウス！』

子供を躾けるように、容赦なく尻を叩く。大人相手にずいぶんなやり方だと春彦は思ったが、次に続いたクラウスの台詞にびっくりした。

『子供には身体でわからせるしかないだろう』

『子供じゃないよ！』

『十八歳は十分子供だろう。それとも大人だというのなら、ちゃんと謝るべき時に謝るんだ』

「……え、十八歳!?」

絶対、自分より年上か同じくらいだと思っていた。

あんぐりと口を開けている春彦に、不承不承な様子でガブリエルが謝ってくる。

『……ごめんなさい』

『い、いえ……』

あれで十八歳だなんて驚きだ。というより、十八歳の子供に自分は挑発されたり、からかわれたり

していたのか。

ようやく謝ったガブリエルにクラウスがわずかに目を細めている。そうすると、少しだけ雰囲気がやさしくなった。

『では、すまなかった。これで失礼する』

『ああ、しっかりとお仕置きしておいてくれ』

去っていくクラウスに、ジェラルドが苦笑交じりで応えている。

「——あれで十八歳だなんて……」

「ん？　なにをショックを受けているんだ？　春彦のほうがずっと可愛いだろう？　わたしの春彦」

「え、ちょっ……あ、んっ」

レナートたちがいる前で、深く口づけられる。恥ずかしさに春彦はじたばた身じろいだが、ジェラルドにかなうわけがない。ぐったりしたところで唇を解放され、上機嫌のジェラルドによって春彦は寝室に運ばれていった。


階段を上がるジェラルドの背後で、レナートが主人の邪魔をしないよう、使用人一同に命じていた。あとしばらく、主人は寝室から出てこないだろう。そう判断し、レナートは公的秘書のナッシュに連絡するために携帯を取り出す。

彼はまた悲鳴を上げるだろうが、主人の望みどおりに調整するのが秘書の役目だ。

まだ廊下の途中にいるのか、春彦の悲鳴がレナートの耳に聞こえてきた。

「やだっ……ジェラル……っ」

寝室には、主人の用を足すための様々な道具——紐、バイブ、潤滑油などなどがあり、浴室には春彦の下肢の始末をするために脱毛剤及び、剃刀一式が用意してある。

あとは、近日中に永久脱毛のやり方をレナートが学ぶだけだ。

そう。今度こそ春彦の逃亡を阻止するために、レナートはこの屋敷内で春彦の下肢の永久脱毛をすることに決めていたのだ。もちろん、主人であるジェラルドの望みである。

春彦がそれを知るのは、もう少し先の話だ。


数ヶ月後、ジェラルドに押さえつけられて、下肢に永久脱毛を施される春彦の悲鳴が、屋敷中に響き渡ることになる。

「最高に似合うよ、わたしの可愛い春彦」

「……こんな……こんな……あんまりだ」

涙目の春彦を抱きしめ、ジェラルドは幸せを噛みしめるのだった。

終わり

あとがき

こんにちは、いとう由貴《ゆき》です。今回のお話は二〇〇二年に小説ショコラさまで掲載された『束縛は甘い罠』の改訂版になります。けっこう前のお話でしたのでいろいろ恥ずかしくて、アチコチ変更してしまいました。

でも、ジェラルドが俺サマなのは以前と変わっておりません。

そんなあたりを楽しんでいただけたらな～と思っております。

ではでは、挿絵を描いていただきました東野海《とうのうみ》先生、いろいろとご迷惑をおかけして申し訳ありませんでした。ですが、ジェラルドはとっても格好よく、春彦《はるひこ》はいたいけ&色っぽく描いていただき、ラフを拝見してうっとりしておりました。ありがとうございました！

それから、担当様。いつも……と言ってしまうのが申し訳ないです。ちゃんとした人になれるよう頑張りたいです。すみません……。

そして、最後になりましたが、読んでくださった皆様。俺サマ攻なジェラルドと獲物な春彦の話を、現実を忘れてしばし楽しんでいただけたら嬉しいです。最後までありがとうございました！

それでは、また別のお話でお会いできることを願っております。

いとう由貴

CROSS NOVELSをお買い上げいただき
ありがとうございます。
この本を読んだご意見・ご感想をお寄せください。
〒110-8625
東京都台東区東上野2-8-7　笠倉出版社
CROSS NOVELS 編集部
「いとう由貴先生」係／「東野　海先生」係

CROSS NOVELS

愛の言葉を囁いて

著者
いとう由貴

2008年8月22日　初版発行　検印廃止

発行者　笠倉伸夫
発行所　株式会社　笠倉出版社
〒110-8625　東京都台東区東上野2-8-7　笠倉ビル
[営業]ＴＥＬ　03-3847-1155
ＦＡＸ　03-3847-1154
[編集]ＴＥＬ　03-5828-1234
ＦＡＸ　03-5828-8666
http://www.kasakura.co.jp/
振替口座　00130-9-75686
印刷　大日本印刷株式会社
装丁　團夢見(imagejack)
ISBN　978-4-7730-9928-7
Printed in japan

「おまえはちゃんと知るべきだ。自分の身体がなにを悦ぶのか――」

「悦ぶなんて……」